光文社文庫

短劇

坂木　司

KOBUNSHA

『短劇』目　次

カフェラテのない日

ラッシュの地下鉄なんて最低。残業を終えて混み合った電車に乗り込む私は、その日心も身体《からだ》も疲れ切っていた。

まず、寝坊したのがよくなかった。朝食はきちんととりたい方なのに、飲み物すら口にしないまま家を飛び出した。しかも間《ま》の悪いことに、私が乗る駅は構内を工事していて、いつもより遠い入り口から大回りして入るはめになった。せめて大好きなカフェラテでもと会社近くのコーヒーショップに寄ろうとしたら、今日に限って長蛇の列。

結局、自販機のまずいコーヒーだけでお昼まで持ちこたえなければならなくなった。なのに今度こそおいしいコーヒー、と待ちかまえていたランチは会議の都合でお弁当とお茶のセット。ああもう。

がっかりした気分でいたせいか、仕事もうまくはかどらずミスを連発。こういう日って、たまにある。すべてがぎくしゃくして、噛《か》み合わない感じ。なのに、そんなときに限って友達からのメールも電話もなし。晩ご飯どころかお酒の予定も立たず、仕事を終えて一人で家路につく私の足どりは限りなく重い。

ぬるい風とともに列車のドアが開き、乗客がどっと吐き出される。どの顔も皆、不機嫌そうに歪《ゆが》んでいるのが憂鬱《ゆううつ》な気分に拍車をかけた。駅員のアナウンスがヒステリックに「駆け込み乗車は危険」と訴えているけど、そもそも降車さえままならないような状況で何を言っているのかと思う。

「発車します！　お気をつけ下さい！」

雷おこしの粟粒《あわつぶ》のようにぎっちりと詰め込まれた私たちは、ぎしりと音を立てて動き出した車内で声にならない悲鳴をあげる。

痛い、押さないで。でも俺だって押されてるんだよ。あたしもう、足をつくところがないの。僕だってヒールでもないのにつま先立ちなんだ。鞄《かばん》！　鞄の留め具が上着のボタンに引っかかって取れそうだ。待って、それより空気が悪い。前の人、何を食べたのかしら。ものすごくにんにく臭い。いや、私は甘ったるい香水の方が気になるよ。気持ちが悪くなる。

地獄がもし本当にあるとしたら、それはきっとこんな場所なんじゃないだろうか。大勢の人間が身動きもできない状態で、ぎっちりと詰め込まれた密室。これがもし一時間走り続ける特急だったなら、皆気が狂ってしまうかも知れない。つり革をつかみ損ねた不安定な体勢で、私はそんなことを考えた。

そもそも、地下鉄には景色がないのがよくない。一応窓があるくせに、そこから見えるのは茶色や灰色の無機質な壁ばかり。でももっとよくないのは、そこに人の姿が映ること。ただの壁ならぼんやりとそちらを向いているだけですむのに、車内のガラスはモノクロの鏡と化して私たちの姿を映し出す。そして女にとっては最悪なことに、蛍光灯の光は普通の顔でさえ少し疲れて老けたように見せるのだ。だから私は、ガラスに映る自分の姿は極力見ないようにしているのだけど。

もっと言うなら、背後の人と目が合うのもよくない。自分の顔をチェックするつもりで目線を上げたりすると、やはり同じように窓を見つめていた人と鏡越しに目が合ってしまうのだ。あれは、なんというか気まずい。

地下鉄に対する不満をぶちぶちと考え続けていたところで、急カーブに差しかかった。ドミノの駒のように押された私は、それでも倒れまいとしてなんとか踏みとどまる。こんなとき頭にくるのは、鋭角的な肘《ひじ》で押してくる奴だ。右脇を強く押されて、私は痛みのあまり顔をしかめる。まだ夕食を食べていないせいか胃のあたりがしくしくしてるっていうのに、なんでこんなにあちこち痛い思いをしなきゃならないんだろう。一体、どんな奴が押しているのか。頭にきたので、今日はあえてガラス窓に視線を移した。見ると、同じ年くらいの女だった。

(誰もあんたに痴漢なんてしないから、おとなしく腕を下げといてよ!)

と心の中で毒づきながら、私は女をにらみつける。けれどこんなときに限って、当の本人は窓を見ていなかったりする。まったく、役に立たないったら。

本当は私だって、こんなぎすぎすした気持ちでいたくはない。けれど止まらない。ああ、地下鉄なんて乗らなきゃよかった。だって胃が痛いし、なにより気分が最低なんだから。でも、降りたところでどうなるものでもない。だって結局はまた地下鉄に乗らなきゃ家に帰れないし、私はレストランに一人で入る勇気もないんだから。

とにかく、時間が過ぎるのを待とう。あと少し我慢しよう。そう思った矢先、二度目の急カーブで私はその人に気づいた。ガラスで見た位置関係からすると、私のちょうど真後ろ。背の高いその人は、ラッシュの車内から頭一つ抜けていたのでよく目立った。視線が合わないのをいいことに、私はこっそり彼を観察する。私好みの優しそうな顔。

(オアシス、って感じ?)

ちょっとおやじくさいけど、そのとき私は本当にそう思った。すらりと背が高くて、混み合った車内でもゆったりとした表情を浮かべる人。顔は心根まで表すのか、私は背後からこれっぽっちも押されてはいない。おそらく、彼が防波堤になってくれているのだろう。

しかし気持ちがやわらいだのもつかの間。電車が揺れて、ぼんやりと窓を見ていた私は左側のおじさんからきつい当て身をくらった。一瞬、息が止まりそうになるほど肋骨のあたりが痛い。しかもその衝撃で、忘れていた気分の悪さがぶり返してきた。そうなると途端に、ラッシュが耐え難いものに感じられてくる。

（もう降りたい。早く降りたい）

呪文のようにくり返しても、一度襲ってきた波はなかなか退《ひ》いてくれない。貧血のせいか、血がすっと下へ落ちていくような感じがする。かろうじて立ってはいられるけど、なんだか泣きたい気分になってきた。軽いパニック。私は熱くなってきた喉元をぐっとこらえながら、心の中で叫んだ。

（お願い。こんなところで泣くのは嫌。せめて家まで決壊しないでよ）

感情とは裏腹に、涙腺がうるんでくる。ぎゅうぎゅうの車内で突然泣き出す女なんて、どこかおかしいんだろうと思われるのがおちだ。せめてもの防御策として、私はできるだけ上を向き遠くを見つめることにした。すると再び、ガラスの中の彼が目に入ってくる。しかも最悪なことに、今度は彼も窓に視線を投げかけていた。

目が、合った。

（こんな顔、見られたくなかったな）

視線を外す余裕もない私は、泣き出しそうな表情のまま彼と見つめ合っている。すぐに彼の方がふいと目をそらすだろう。そう信じて。

けれど彼はそのとき、にこりと微笑《ほほえ》んだ。

（えっ……？）

驚きのあまり固まった私を尻目に、彼は様々な表情をして見せる。眉を寄せたり、口をおかしな形に曲げてみたり、それはまるで泣いた子供を笑わせようとやっきになっている人のようだった。ひとしきり百面相をやった後、「うーん、これでも駄目かな?」という顔で彼は耳をぴくぴくと動かして見せる。それがあまりにおかしかったので、私はつい笑ってしまった。小さな声だったけど、隣の女には聞こえてしまったのか、おかしな人でも見るような表情をされた。でも、もう別にかまわない。

ガラスの中では、背の高い彼が窮屈そうに片手を上げて親指を立てている。「やったね」と言ってるのかな。私は彼ににっこりと笑いかける。ありがとう、あなたのおかげでだいぶ気分がよくなったわ。すると彼は手を開き、掌《てのひら》を水平にして小刻みに動かした。最初は何をやっているのかわからなかったけど、どうやら「いいこいいこ」をしてくれているらしい。基本的に小さい子扱いなのかな。微笑ましい気分で私は電車の揺れに身をゆだねる。窓ガラスに映る私は、彼の手の下でいつもよりほんの少し可愛く見えた。

いい気分のまま、地下鉄は私の降りる駅に滑りこむ。ブレーキの衝撃ではっと我に返った私は、せめて言葉くらい交わしておきたいと背後の彼を振り返った。しかし、そこに彼の姿はなかった。

不思議そうな表情で私を見返しているのは、中肉中背の若いサラリーマン。ガラスを見ても、人の中に埋没してしまっている。彼じゃない。慌《あわ》てて辺りを見回してみても、頭一つ抜けた人物なんてどこにも見あたらない。開いたドアから自動的に押し出されるまで、彼の姿を探してみても、私は彼を見つけることはできなかった。

降車客はすでに皆改札へ向かってしまい、私だけがぽつねんと空のホームに立っている。なんだか、狐に化かされたような気分だ。あれは気分の悪い私が見た、都合の良い幻だったのだろうか。

(でもまあ、いっか。おかげで無事に過ごせたわけだし)

深呼吸をして、私はくっと顔を上げる。帰ったら、ちゃんとご飯を食べてゆっくりお風呂に入り、ちゃんと眠ろう。それで明日も頑張るんだ。階段へと歩き出した私は、ラッシュで乱れた髪を直そうとホームにある鏡を何気なくのぞく。すると私の背後に、同じようなポーズでかがみ込んだあの彼が、いたずらっぽい微笑みを浮かべて映っていた。

「ここにいたの?」

ふり向いた瞬間、対岸のホームに列車が滑りこんできて強い風が髪をさらう。ごっ、という音が止んだときには、もう彼の姿は見えなくなっていた。

(もしかして、幽霊?)

混乱した私は、そんなことを考えもした。けれどゆっくり階段を上るうちに、そんなことはどうだっていいような気分になってくる。幽霊だって、妄想だってかまわない。明日の私に元気をくれるなら、それでオッケー。今度いつ会えるかわからないけど、そのときまで元気でいてね。私は小さく「地下鉄のかみさま」、とつぶやいてみる。それに応えるかのように、ホームから吹き上げる風が私の背中を押した。

翌朝、いつもより早い時間に改札をくぐると、香ばしいかおりがぷんと鼻をつく。

「コーヒー……？」

見ると、そこには真新しいコーヒーショップがあった。なるほど、昨日の工事はこの店舗を作るためのものだったのだ。今日はせっかく早起きをしたんだし、ちょっと寄っていこうかな。そう思った私は、コーヒーの香りを目指してまっすぐ進んだ。

「いらっしゃいませ」

帽子を被った店員に軽くうなずいて、カウンターのメニューを見る。カフェラテのバリエーションが豊富で、これは私的に大当たりの店だ。イートインでメープルシロップの入ったラテを選ぶと、なぜかトレーの上にクッキーが載せられる。

「あの、これ頼んでませんけど」

私が顔を上げると、店員はにっこりと笑った。信じられない。昨夜の彼だ。

「開店サービスです。それとも、ラッシュを耐え抜いたごほうびにって言えばいいかな」

言葉を失う私に、彼は声をひそめて説明する。

「このチェーン、地下鉄の会社がやってるから社員はホームから特別の通路を使えるんですよ」

突然消えたみたいで驚きましたか？　と彼は笑う。

「そのせいでたまに、駅の幽霊とか言われることがあるんです。でも正体はただのバリスタですから」

これからもごひいきに。優しく微笑む彼にお礼を言って、私は店内の席に腰を下ろす。

（……幽霊でも、よかったのにな）

甘い香りのコーヒーを口に運びながら、私は小さく笑った。贅沢《ぜいたく》かな。だって現実に存在する彼より、「地下鉄のかみさま」の方が夢があるような気がしたから。

カウンターの彼に会釈をしてから、私は地下鉄のホームへと階段を降りる。吹き上げる風が、ふわりと私を包んだ。うん。やっぱり地下鉄って悪くないかも。

目撃者

こんにちは、私は流し台です。ええそう。ステンレスでできた、どこにでもあるような流し台です。じゃあなんで口をきくのかって？　それは私にもよくわかりません。ただ、私がここに設置されてから三十年以上の時がたちました。その間に色々な人の色々な思いを耳にしてきたので、自然とそうなったのかもしれません。

私の側面の壁には、今細かい傷がたくさんついています。これはつい先日つけられたものです。誰がそんなことをしたのかって？　そうですね、これは言ってもいいでしょう。総務部でアルバイトをしているA子さんです。あ、そうそう。言い忘れましたが、私はとある会社の給湯室に設置されているのです。なので一般のご家庭に送られた仲間たちよりも、多くのものごとを知ることになりました。そのA子さんですが、私は決して彼女のことを嫌いではありません。なぜなら、彼女はちょっとおっちょこちょいなだけで、悪気がないからです。彼女は上司に給湯室の掃除を命じられたとき、とりあえず手近にあったクレンザーとたわしで私をごしごしと洗い始めました。しかし運の悪いことに、そのたわしの片面はとても研磨力の強い素材でできていたのです。あまり家事が得意そうではないA子さんは、しばらくこすってからその間違いに気づきました。

「やだ、傷つけちゃった」

たわしを持ったまま、彼女は立ち尽くします。我に返り、慌《あわ》てて柔らかい方の面でこすってみても、傷はなくなりません。

「あーんもう、ごめんねー」

とにかくまずは全体を綺麗《きれい》にしてから謝りに行こうと、A子さんは私を優しく洗い始めました。物である私に対して謝罪の言葉をかけてくれた彼女に、私はとても好感を抱きました。たとえ傷をつけられても、それはわざとではないのですからしようがありません。しかしそんな彼女のもとに、上司がやってきました。最悪のタイミングです。

「ちょっと、何やってるの」

「あ、すいません。あの、このたわしで掃除しようと思ったら、傷をつけてしまって」

「もう本当に使えないわね。あなたの親御さんは一体どういう育て方をしたのかしら。しかも何？　ミスをしたら早めに報告しなさいって教えたはずなのに、私がここに来なかったら、黙って知らんぷりしようとしたんじゃないの？」

A子さんは、返す言葉もなく唇を噛《か》みしめていました。報告するよりも前に上司が来てしまったのでは、今さらなにを口にしても言い訳になると思ったのでしょう。けれど私は知っています。私の身体を傷つけたこのたわしは、昨日までここにありませんでした。

「事務で使い物にならないからお茶くみでもと思ったけど、これじゃあもう来てもらわなくてもいいかもね」

うつむいたA子さんの瞳から、涙がぽろりとこぼれ落ちました。ああ、泣かないで。悪いのはあなたではないのだから。

そう。昨日までここにあった柔らかいスポンジを隠し、新しいたわしを置いたのは彼女の上司です。あの人は、何か苛立《いらだ》つことがあると必ずアルバイトの女の子に当たり散らすのだと前に辞めた子がつぶやいていました。私に大きな声が出せたなら、A子さんの無実を証明してあげられるのに。私は口惜《くや》しい思いで、上司が去ってゆく足音を聞いていました。せめて今後は可哀相なA子さんのために、あの上司が夜食のカップ焼きそばを作るたび、盛大な音を立ててステンレスを変形させてやることにしましょう。

給湯室には色々な人が来ます。私が設置されたばかりの頃は女の人しか来なかったものですが、最近では若い男性社員も平等にお茶くみをさせられるようです。ついこの間も、社内で一番人気のB男さんが私の前に立ってインスタントのコーヒーを淹《い》れていました。手元のメモを見ながら、「部長は砂糖だけ、課長はブラック」などとつぶやいています。彼はなかなかきちんとした性格のようです。しかしそんな彼が、ふと手を止めました。お盆の上には、コーヒーカップが一つだけ余っています。そう、例の意地悪な上司の分です。もしかして彼はA子さんの敵《かたき》をとってくれるのかもしれない。私は期待しました。昔から、気に入らない上司の飲み物に何かを混入するのは給湯室でと決まっています。

けれどB男さんは、少し悩んだ末に普通にコーヒーを淹れました。砂糖は二杯。あの上司は結構甘党のようです。私はほんの少しがっかりしましたが、彼が悪意ある行動をとらなかったことに安堵《あんど》もしていました。するとそこに、またもや例の上司が現れました。この人は、部下に言いつけておきながら必ず待ちきれずに給湯室まで追いかけてきます。

「できた？」

おやおや、なんて猫なで声でしょうか。彼女はB男さんに好意を抱いているのです。

「あたしのコーヒー、甘くしてくれた？」

「はい。あの、どれくらい甘くしていいかわからなかったので、とりあえず砂糖は二杯にしておきました」

B男さんは生真面目《きまじめ》な様子で、そう答えました。なるほど。彼女は彼にわざと曖昧《あいまい》な注文をして、給湯室で二人きりになろうとしていたのです。

「ありがとう。あたしったら舌が意外と子供っぽくて、甘くないと飲めないの」

嘘です。彼女は残業が続くと、二倍の濃さで淹れたブラックコーヒーを何杯も飲み干しています。

そんな彼女を、B男さんは好ましそうな表情で見返しています。これは、いけません。だって彼女は、すでに他の男性と関係しているのですから。

意地悪で嘘の上手な彼女は、この会社の陰のボスのような存在です。そして私は、彼女のせいで泣かされた社員の涙をたくさん受け止めてきました。そう、多分トイレに設置された洗面台と同じくらいには。

私の前で一人きりのとき、人は取り繕《つくろ》うことをやめます。ある中年の男性社員は口臭に効くと信じて毎朝緑茶でうがいをしていきますし、若い女性社員はポケットにしのばせたおやつをこっそり食べたりしています。

そして大抵のことは微笑ましく見守ってきた私ですが、やはりあの女だけは好きになれません。なぜなら彼女は他の人が帰る時間帯になると、ほとんどすべての用事を私の前でこなすようになるからです。トイレまで行くのが面倒なのかもしれませんが、歯磨きはともかく洗顔、化粧、ついには食べ残しの焼きそばをそのまま流してしまいます。そんなもの三角コーナーに捨てればいいと思うのですが、どうやら彼女は見栄っ張りで、自分がインスタント食品を食べているとは思われたくないようです。その証拠に、空の容器は私の側にあるゴミ箱には入れません。きっと、ゴミ出し場の方に直《じか》に捨てに行っているのだと思います。そしてそのせいで最近私はちょっと便秘気味です。なのに彼女は、パイプの洗浄剤ひとつ入れようとはしないのです。

そんな折り、またもや彼女が私の前に現れました。時間は夜の九時。もう会社には誰も残っていません。と、思ったらどこからか足音が聞こえてきました。B男さんです。

「お待たせしてしまって」

どことなく弾んだ声は、何かの期待に満ち満ちています。

「いいのよ。夜は長いし、急ぐことはないわ」

甘くからみつくような彼女の声。そう、二人は今からただならぬ関係に足を踏み入れようとしているのです。しかも彼女はB男さんに見えないよう、他の男性から貰った指輪を薬指から外して私の縁に隠しました。私は気分が悪くなりました。ただでさえ彼女が嫌いなのに、なにも私の目の前でそんな場面を展開しなくても、と思ったのです。

そのとき、第三の人物の足音が聞こえてきました。あの特徴的な歩き方は、彼女の不倫相手である部長でしょう。彼女とB男さんはつかの間身を固くしましたが、すぐに共犯者の微笑みを浮かべて給湯室の明かりを消しました。B男さんにとってみれば、ちょっとスリリングな恋のスパイスでしょうが、彼女にとっては重大な局面です。見つかってしまえば、部長にもB男さんにも軽蔑されるでしょう。そして何より、部長を怒らせたら今後の身の振り方を考えねばなりません。

部長の足音は、明かりのついているオフィスの方へと向かっていきます。

「夜食を買いにでも行ったかな」

そんな独り言が聞こえてくる中、二人は声を殺して笑い合います。

「ばーか」

彼女の口がそう形を変えたとき、私の怒りは頂点に達しました。べこん！　べこべこん！　熱湯をかけられたわけでもないのに、私のステンレスが激しく震えました。その拍子に、彼女が隠した指輪がころりと排水口に入りこみます。

その音に気づいた部長が、足早に私のところへとやってきました。彼女とB男さんは突然の音に驚いたまま逃げる機会を失い、部長と対面する羽目になりました。

「こんな暗いところで何をしていたんだ」

怒りを含んだ部長の声に、彼女が言葉を失います。

「あの、僕はただこの音を調べに」

B男さんが苦しい言い訳をしようとしました。その瞬間、私は全身の力を振り絞って排水管から咳をしました。ごぼごぼっ、という音とともに彼女が隠した指輪が姿を現します。

部長はそれを見た後、ぼそりとつぶやきました。

「捨てたのかね」

そう。この指輪はかつて私の前で、部長から彼女に渡されたものだったのです。

「捨てたわけじゃないわ！」

ただそこに置いただけなのよ。彼女がいくら叫んでも、もう言い訳にしか聞こえません。これでやっとA子さんの敵《かたき》が討てた、そう思うと私の排水管はさらにリラックスしました。すると恐ろしいことに、今までこらえていたものが一気にせり上がってきたのです。私はそれを思いっきり、彼女に向けて噴きつけてやりました。腐った焼きそばの麺にまみれた彼女は、早晩この場所を去ることになるでしょう。

後日私は排水管を高圧洗浄で綺麗に掃除してもらい、再び快適な生活に戻りました。さて、私の話はとりあえずここまででおしまいです。皆さまも、誰もいないからといって人に恥じるような行いはゆめゆめなさいませぬよう。いつどこで私のような「なにものか」に見られているかもしれませんから。

雨やどり

ミュールの踵《かかと》がこつこつと音を立てる。

「ねえ、最近なんか面白い本読んだ?」

彼女が文庫本のコーナーをのぞき込んで僕にたずねた。サイドの髪をかき上げると、しっとりと濡れたうなじがちらりと見える。

「いや。最近はちょっと読んでないからわかんないな。僕の方がおすすめを聞きたいくらいでさ」

軽く目をそらして、僕は読みそうにない外国文学を手に取った。馬鹿だな。ここまで来てまだ見栄を張ろうってのか。

「おすすめ? でもあたしの読んでるのなんてゼミと卒論用のものがほとんどだったからなあ」

知ってるよ。君の専攻は日本の近代文学。その中でもとりわけ泉鏡花《いずみきょうか》と谷崎潤一郎《たにざきじゅんいちろう》が好きなんだ。僕は棚を眺めるふりをしながら、彼女の白い二の腕を見つめた。

「あ、そういえばここって有名な本屋さんよね。ほら、梶井基次郎《かじいもとじろう》の」

急にふり返った彼女の肘《ひじ》が、僕のあばら骨に軽く当たる。こつり。骨と骨とが触れる感触。そのとてつもない陶酔感。体中が木っ端《こっぱ》みじんになりそうな感覚は、悪いけど檸檬《れもん》なんて目じゃない。

「でも本店は違う場所なんじゃなかったっけ。新聞かなにかで見たような気がするんだけど」

つとめて平静を装って答える。買い物の途中、にわか雨に降られて偶然飛び込んだビルの中の書店だった。銀座から日本橋、そして丸の内なんて普段の僕にはまったく縁のない街。そもそも下北沢や吉祥寺の喧噪《けんそう》に慣れた身からすると、この歩道の広さとお茶一杯の値段の高さは理解しがたいものがある。

「そっか。でもハヤシライスは前と同じに食べられるみたいだよ？」

カフェの表示を指さして彼女が笑う。こっちも有名だから、雨やどりに食べていくのもいいかもね。しかし上の階に行ってみると、店の外にまで行列が出来ていた。

「平日なのに。さすがというかなんというか」

ちょっとがっかりした彼女は、軽く頬をふくらませる。そういう表情をすると、君はすごく幼く見えるってことを知ってるのかな。僕と君は、実のところ同い年なのにさ。

「まだそんなに腹はへってないから、帰って近所で何か食べればいいんじゃない」

「そうね。じゃあせっかくだからもうちょっと本でも見ようかな」

国文学科を出た君は本が好きで、ブランドショップよりもデパートよりも、本屋で立ち止まる時間がとにかく長かった。今日も今日とてわざわざ都心まで人への贈り物を探しに来たというのに、また足止めをくらっている。

「で、ちょっとは目処《めど》がたったの」

僕がたずねると、彼女は困ったように首を振った。

「全然、わかんない。それにデパートの売り場とかって値段高すぎるし。欲しいなあって思える物すら見つからない」

「だよなあ。かといってハンカチとかカップなんて今さらどうよって感じもするし」

金銭感覚も近くて、趣味も近い僕ら。だからこそ彼女はこの買い物に僕を誘ってくれたのだろう。山ほどもらったデパートのパンフレットをいじりながら、彼女はつぶやく。

「あーあ、なんだかめんどくさくなってきちゃった」

「なに言ってんだよ」

「やめちゃおっかな、結婚」

きらびやかに並ぶブライダル雑誌を横目で眺め、彼女はため息をつく。知ってるよ。君はそういう手続きとか、しきたりとか、改まった感じが苦手なんだ。大学の卒業式だって普通の服で行きたいって言ってたくらいだしね。

「じゃあ」

やめちゃえばいいじゃん。口元まで出かかった言葉。けれど僕はそれをぐっと呑み込む。

大学出たてのフリーター。平日に暇な男なんて、求婚する資格すらない。

「じゃあ、なに？」

小首を傾《かし》げた君の顔には、何の緊張感も浮かんではいない。わかってるよ。僕はそういう対象にすらならないんだってこと。

「もっと気軽なところで探してみれば。たとえば食べ物とかさ。それなら値段も普通だし、デザインとか関係なくていいんじゃない」

「あ、そうか。お菓子とか紅茶だったら、無難でいいかもね。あたし、引き出物ってイメージに捕らわれすぎてたかも」

ぱっと笑顔になった彼女は、同じ並びにあったお取り寄せの雑誌を手に取る。

「いいかもいいかも。お花の入ったゼリーとか、丸ごとのシフォンケーキとか。これなら家でゆっくり選べるね」

「自分が食べたいのばっか選ぶなよ」

「ばれた？　でもあの人だってシフォンケーキは好きなのよ」

僕は軽くうなずいた。彼女の結婚相手は、僕もよく知っている。僕らと同じ大学の三年先輩。とても優しい男だ。彼は基本的に辛党だったが、例外的にシフォンケーキだけは好物だった。しかもその理由がすごい。学祭に来て彼女と初めて会った日、同じテーブルで食べた運命の菓子だから。彼はいつだったか真顔で僕にそう言った。そのとき、僕は彼の本気を思い知ったのだ。

ガラス張りのビルの向こうには、まだしとしとと雨が降っている。けれどこのビルからはJRや地下鉄にアクセスできる通路が何本も延びていた。僕は表示を指さして、帰り道のルートを提案した。

「ここからなら、濡れずに帰れるよ」

本当は二人きりの外出から帰りたくなんてない。このままずっと下らない会話をしながら、なごやかな時間を過ごしていたい。そう思いながら、四年間はあっという間に過ぎた。同じ大学で同じクラブ。僕らはずっとつきあえる、家族みたいな気の置けない友人。

「そしたら、ごめん。ちょっとトイレに行って来るね」

彼女はそう言うと、くるりと踵《きびす》を返して廊下の向こうに姿を消した。僕は広いアーケードをぶらぶらと眺めながら、彼女と彼の初デートのことを思い出していた。

「もう、膀胱炎《ぼうこう》になるかと思った！」

あの日、彼女は会うなり僕に向かってそうまくしたてたっけ。年上の人とデートするなんて初めてだから緊張して、トイレの一言が言い出せなかった。普段穿《は》かないスカート姿のまま部室に駆け込んできた彼女は、頬を赤らめて怒ったような口調で文句を言った。

「ランチを食べて映画を見て、そのあとお茶して計四時間ちょっと。その間、話が全然途切れないんだもの。席を立つきっかけがなかったのよ」

はいはい、ごちそうさん。僕はそのとき軽い優越感に浸りながら彼女の話を聞いていた。だって僕の前で彼女はごく普通にトイレへ行っていたから。緊張することが嫌いな君なら、きっといつか僕の方を選ぶと勝手に思っていたんだ。でも、恋はそんな簡単なものさしで計れるものじゃなかった。

ふと、目の端に鮮やかな色彩が飛び込んできた。それはアーケードの中にある花屋で、店先には近所の花屋では見たことのないような珍しい花ばかりが並んでいる。思わずのぞき込むと、その中に見覚えのある形があった。くすんだ黄色の実に緑の葉。甘い香りのするそれは。

「……パイナップル？」

「はい。観賞用のパイナップルで、花束のアクセントに使ったりするんですよ」

僕のつぶやきを耳にした店員が、微笑みながらその一本を手渡してくれた。長い茎がついてはいるものの、先端の実はこぶしとほぼ同じサイズで正にパイナップルのミニチュアだ。その瞬間、僕の脳裏に閃《ひらめ》くものがあった。

「これを目立たないよう中心に据えて、小さな花束を作ってくれますか」

幸い花束は、彼女が戻ってくる前に出来上がった。僕は紙袋にそれをしまうと、こちらに向かって手を振る彼女に笑いかける。

「ごめん、混んでて。ところで何買ったの？」

「うん。そういえばちゃんとおめでとうを言ってなかったなと思って」

そう言いながら僕は、小さなブーケを彼女に渡した。

「やだ、ありがとう……！」

屈託のない彼女の表情が、不意にくしゃりと歪《ゆが》む。

「泣くなよ。姉貴になるくせに」

「だってこんな、嬉しいよ」

そう。同い年の彼女は学祭に来ていた僕の兄貴と恋に落ちた。そして大学の卒業を経て、この夏彼らは結婚する。しかし誰よりも近い場所で彼女を見つめていた僕の気持ちを、彼らはこれっぽっちも知らない。僕も同じシフォンケーキを、同じテーブルで分け合っていたというのに。

「気にするなって」

けれど僕は知っている。馬鹿がつくほど真っ直ぐで、お人好しの彼女。君が僕の恋心を知ったが最後、この結婚はぎくしゃくしはじめるだろう。けれど僕が口をつぐんでさえいれば、僕は再び誰よりも近い場所で君の悩みを聞くことができる。

「これからは、友人であり家族でもあるんだからさ」

恋心。それは僕の最後の切り札。自爆覚悟の物騒《ぶっそう》な代物《しろもの》。かつての文人がそっと本の上に載せた激情と似たものを、僕は花束の中に仕込んで彼女に手渡した。

「帰ろうか」

彼女は涙ぐんだまま、こくりとうなずく。大丈夫。まだその時期じゃない。いつか、いつか彼女の心が激しく揺れたとき、そのときが来たら爆発させればいいんだ。それまではありふれた果実の顔をして、居間に飾られていればいい。

戦場では、通称パイナップルと呼ばれる武器。僕は檸檬という爆弾よりも手榴弾を選んだのだ。ピンを引き抜いたら、その瞬間に爆発する。

「雨、そろそろ上がりそうだね」

ガラス越しに明るくなってきた空を見上げて、彼女が嬉しそうにつぶやく。僕は小さなため息をついてから、いつもの笑顔で彼女を見つめた。

「結婚式の日も、降ったりして」

「なによう、義弟《おとうと》のくせに」

だってその方がいいだろう？

雨で火薬が湿気《しけ》てしまえば、不発弾になる可能性が高まるんだからさ。

幸福な密室

腹に響く重低音のビート。混み合ったフロアで揺れる人影。俺はグラスに残ったビールを飲み干し、人の流れに逆らって出口へと向かった。フロアの切れ目に差しかかると、ちょうどドアの開いたエレベーターが視界に飛び込む。

「乗ろう」

地下三階にあるこのクラブでは、がたつきがちなこのエレベーターに乗らなければ外の空気を吸うことができない。非常階段がないわけではないが、酔った足で上るのはちょっと避けたいと思う。

「乗ります」

閉まりかけのドアに飛び込むと、ぎりぎりセーフ。先に乗り込んでいた小柄な女の子に軽く会釈すると、彼女は腕組みしたまま俺を値踏みするように見つめた。メッシュの入った茶髪にぴちぴちのTシャツ、それにデニムのミニスカート。斜めがけしたポシェットは、携帯電話すら入らないような小ささだ。俺の疑問を感じたのか、タクヤが囁《ささや》いた。

(女のバッグって、用途が謎だよな)

化粧品だけ入ればいいんじゃないか？　俺がそうつぶやくと、アズサがこっそりと口をはさんできた。

(二人ともばっかねえ。バッグはファッションの一部なの。見てごらんなさい、ポシェットの鎖にくっついたラインストーンの数！）

（ほんとだ。きらっきらしてる）

（でも、だったらバッグの形してる必要ねえよなあ）

俺たちの会話が耳に入ったのか、女の子がじろりとこっちを見る。やべえやべえ。静かにしてないと。俺はポケットのミントガムを探るふりをして、顔をそらす。

しかし次の瞬間、がたんという音とともにエレベーターが停止した。

「うわっ？」

「きゃあっ！」

女の子の悲鳴が室内に響く。しかしそんな彼女の姿は、これっぽっちも見えない。明かりが消えているのだ。

「な、なに？」

軽い揺れを身体に感じる。地震だろうか。それとも急に止まったせいで揺り返しがきているだけなのか。混乱したまま、俺はただ壁に背中を預けている。

「落ち着け。まずは携帯を見てみるんだ」

タクヤの指示に従って、俺はポケットから携帯電話を取り出した。二つ折りの電話を開くと、液晶画面が手元を照らす。真っ暗闇の中に灯る小さな光は、とりあえず気持ちを落ち着かせてくれた。とはいえ光量は俺が思っていたよりも少なく、近づけないと自分の二の腕すら見えない有様《ありさま》だ。

その光を見た女の子が、あたふたと自分も携帯電話を取り出す気配がした。ファスナーの音がするのは、件《くだん》のポシェットを開けているのだろうか。

「どう？」

俺は彼女に向かって声をかける。しかし彼女は震える声で返事をした。

「だめ。圏外……」

「俺も。電話会社は？」

彼女が口にしたところと、俺の契約しているところは違う会社だ。そのどちらもが通じないということは、ちょっとまずい。

「停電、なのかな」

携帯の明かりを頼りに、階数表示のある操作盤に近づいた。非常事態用のインターフォンを押して、叫んでみる。

「すいませーん、エレベーターが止まって閉じこめられてるんですけどー！」

しばし待っても、返答はなかった。

「ていうか、インターフォン押してる時点で、向こうの音も聞こえないよね。通話状態だったら、普通もっと雑音が聞こえそうなものなのに」

アズサが緊張した声で指摘する。俺はそれを認めたくなくて、何度もボタンを押し、苛立ちに任せて叫び続けた。

「助けてくれー！　誰か、誰かいないのか？　おーい！」

ただの停電ならいい。それなら半日もしないうちに救助されるだろうから。けれどもし、外の世界でなにか大きな災害が起きていたら。

（誰も、助けに来なかったとしたら？）

背筋がすっと冷えた。そして次の瞬間、低い泣き声が耳に届く。

「ちょ、誰っ？」

女の子の悲鳴が響く。テツはいつも隅っこにしゃがみ込む癖があるから、気づかれなかったのかもしれない。

「ねえ、僕たち助からないのかな」

「何、もう一人いたわけ」

彼女の訝《いぶか》しむような声に、テツは返事をした。

「いるよ。ねえ、空気とか持つかな？」

怖がりでマイナス思考のテツは、軽くパニックを起こしているようだった。

「やだ。そういうこと言わないでよお」

それにつられたように、女の子の声がか細くなる。そんなとき、タクヤが落ち着いた声で呼びかけた。

「大丈夫。乗り込むときに、このエレベーターの天井には網越しにファンがついているのが見えた。それにずさんな設計が幸いして、戸の隙間からも空気が流れてるようだ。指を舐《な》めてみればわかるさ」

濡らした人差し指を立ててみると、確かに扉の間から風を感じた。ボーイスカウトの経験を自分のものにしているタクヤは、こんなとき本当に頼りになる。

「ホント。じゃあ今すぐどうこうってわけじゃないのね。だったらミントガムでも噛《か》んで落ち着きましょうよ」

切り替えの早いアズサが、ガムを出して場をなごませた。

「ほら、あなたにも」

反対側の角でしゃがみ込んでいた女の子に手探りで近づき、ガムを渡そうとする。しかし彼女はびくりと肩をすくませて、逃げるように壁際を移動する。

「いい」

小さな声でつぶやく彼女は、すっかり恐怖に呑み込まれてしまったようだ。

「ねえ、アズサもタクヤもケンジもいい人だよ。毒なんて入ってないから、食べたら」

自分より怖がっている人間を前にして冷静になったテツが、優しく囁きかける。そう。テツは弱いけれど、誰よりも優しい。

突然、暗闇の中から小さな声が聞こえてきた。

「もしもーし、誰か中にいますかー」

インターフォンの方からだ。そう気づくやいなや、俺は音のする方に駆け寄った。

「閉じこめられてます！　助けてください！」

言い終わって耳を澄ますと、雑音の向こうから返事が届く。

「わかりました。すぐに助けに行きます。三十分以内にはそちらにつけると思いますので、もう少しだけ頑張ってください」

「早く！　早く来てえ！　もう耐えられない！」

女の子の悲痛な叫びを聞いたエレベーター会社の職員は、十五分で行くと言葉をあらためてくれた。

そして二十分後、俺たちは無事助け出されて外の世界に立っていた。クラブから出ようとしていたのが十時過ぎだったから、そろそろ終電がなくなりそうな時間だ。

「電車に停電の影響はありますか」

俺がたずねると、出番のなかった救急隊員は軽くうなずく。

「三十分ほど遅れてますが、とりあえず普通に運行してますよ」

これで家に帰れる。そう思った瞬間、アズサがぴょこりと顔をのぞかせた。

「わあ、よかった！　助けに来てくれてありがとう。でも出番がなくてごめんなさいね」

突然裏声で喋《しゃべ》りだした俺を、救急隊員は驚いた表情で見つめている。危ない危ない。

俺は口を押さえると、早足でその場を立ち去った。そのとき、一緒に閉じこめられていた彼女が警官にこう訴える声が背後から聞こえてくる。

「ホントに怖かった！　だってあの人、一人でずーっと喋ってたし、暗くなってから新しい声がしたからもう一人いるのかと思ったら、結局それもあの人だったし！　信じられない。あの人、ちょっといっちゃってるよ」

はいはい。俺は心の中でため息をつく。どうせ異常ですよ。でもそれのどこが悪いってんだ。

俺、ケンジの中には他にタクヤとアズサ、それにテツの三人がいる。そう。俺はいわゆる多重人格者というやつだ。けれど俺たちには、よくある「人格統合もの」みたいに敵対するキャラクターがいない。従ってごくおだやかに共存しつつ日常を送っているわけなのだが、それがなかなか理解されないのは悲しい話だ。まあ、四人の人格があれば日々それなりの摩擦はあるものだけど、そこはそれ、相談次第でなんとかなる。同じ部屋に住んでるルームメイトだと考えれば、わかりやすいかな。

人は俺のことを病気だという。俺もこの症状が精神の歪《ゆが》みから引き起こされたものだということは知っている。けれど今日みたいなとき、俺はしみじみこの病気で良かったと思うのだ。

だってそうだろう？　たとえあのとき、俺が一人でエレベーターに閉じこめられたとしても、俺は決して孤独を感じない。極端な話をすれば、俺は人類最後の生き残りになったとしても、寂しさを感じずに暮らしてゆけるわけだ。そう、つまり死の床においてさえも。

だから俺は、この病気を治そうなんてこれっぽっちも思わない。たとえ俺たちが、この肉体というエレベーターに偶然閉じこめられた四つの魂だとしてもね。

M
M

昨日会社で嫌なことがあった。きっかけはほんのささいなこと。でも誤解が誤解を生んで、最後には私が悪者になった。憂鬱な気分のまま家に帰り、人気《ひとけ》のないリビングで冷たいままのカレーをごはんにかけて、立ったままかき込む。

「あんた、いいかげんジャージはやめたら。それになに、せめて座って食べなさいよ」

寝巻き姿で出てきた母親の渋い顔を横目に、私は缶ビールを持って自分の部屋に閉じこもる。なによ。自分だって女を捨ててるくせに。お洒落もせず、スーパーのサービスクーポンを貯めるのが生きがいの人にそんなこと言われたくないっての。

本当は、こんなとき彼氏がいたらいいのにと思う。でも恋愛体質が薄かったせいなのか、なんとなくここまで一人で来てしまった。けど、男を知らない訳じゃない。それが私の唯一の安心材料だ。派遣で二十九で処女だなんて、あんまりにも痛すぎる。

パソコンのスイッチを入れ、いつも巡るサイトの画面を開いた。名前も顔も知らない人々が集う、ストレス発散のための掲示板。会社や学校など、人間関係の愚痴を皆で言い合うための場所だ。私はさっそく今日あった出来事を、素早く打ち込む。嫌なことも文章にしてスレッドの一つになると、ほんの少し自分から離れた気になる。そこに「気にすることないよ！」なんて書き込みが来れば、味方ができたようで悪くない気分だ。

ただ、この掲示板は普通のものとはちょっと違う。ここで他の人の興味や共感を呼ぶような話題を提供すると、ワンクリックごとに得点が加算され、ランキングが上位に上がってゆく。そして一週間単位の集計で、入賞者には賞金が出るのだ。私はそれを目指すほど文才がないので、私怨の吐き出し口にしか使っていないのだけど。

とりあえず自分の欲望を満たしたところで、私はある名前を画面の中で探す。あった、『MM』。この人の投稿は、いつも面白い。さすが、ランキングの常連なだけはある。日常で起こる小さないらつきも、『MM』が書くとこんな風だ。

小銭を用意しない奴に限って急ぎたがる。そして小銭を用意してる奴に限って会計は遅い

わかるわかる。私の会社にもいるもん。昼のコンビニで「レジおっせえなあ」とか言いつつ、自分の番になってから財布を出す奴。さて、今日のタイトルはなんだろう。画面をスクロールした瞬間、私はぎくりと手を止めた。

風変わりなタイトルのせいか、スレッドには次々と書き込みがされている。まさか、と怖いもの見たさで開いてみた。

冷えたカレーを流し込む女に彼氏はいない

冷えたカレーを缶ビールで流し込む女に彼氏はいない。温めるひと手間をケチるかどうかが分岐点なことに、これっぽっちも気づいていないからだまるで自分のことを言われているようで、カチンとくる。しかもそれに対する書き込みはこうだ。

わかる！
俺もそういう女って駄目！

むかついたので、私も書き込む。もちろん別人を装って。

冷えたカレーって案外
おいしいんですよお。
あたし、よく主人と食
べますもん

するとく珍しくも『ＭＭ』自身がレスをつけてきた。

わざとならいい。最低なのはジャージ姿で立ったまま、みたいな女のことだから

見られている？　背中が、ぞくりとうずいた。慌てて最初の書き込みに戻る。投稿時間は、私がパソコンを立ち上げたのと同じくらいの時刻。立ち上がり、窓のカーテンを強く引いた。この部屋から見えるのは、向かいのアパート。『ＭＭ』は、そこに住むストーカー男なのだろうか。でも、ちょっと待って。私はジャージ姿で缶ビールを飲んでいるけど、カレーは階下のリビングで食べたはずだ。そしてリビングの窓は雨戸で遮《さえぎ》られ、外からは見えなかったはず。じゃあ、盗聴？　それともまさか盗撮？　恐ろしさのあまり、私は画面から目を離すことができなくなった。

するとそこに、さらなる書き込みが追加される。

うちの姉貴も、冷えたカレーをかっこんでたよ。ちなみに彼氏なし。
SE の激務に追われる寂しい二十三才

激務のためなら仕様がない。
二十九にもなって派遣社員をやってるのとは話が違う

そりゃあ
色んな意味でどんづまりだね　□＝┏（；￣▽￣）┛

身体から血の気が引いて、気がつけば私はビールの缶を握り潰しかけていた。これは、私のことだ。許さない。一体こいつは誰なんだろう。恐怖心よりも怒りに我を忘れた私は、必死で掲示板の過去ログをたどりはじめた。

『MM』は、私の近くに住んでいる。そして私を観察することができる。『MM』が書く内容は、ほとんどが日常的なことだ。スーパーや信号待ち、それに近所づきあいのことなど。もしかすると、専業主婦なのかもしれない。そう思った瞬間、私のこめかみから嫌な汗が伝う。

誰よりも私のことに詳しくて、ポイント貯めるのが生きがいな専業主婦。それは。
『MAMA』だから。

迷子

今、私は道に迷っている。見知らぬ町角を思いつきで曲がり、駅の方向もわからぬまま直線を突き進む。漠然とした不安はあるものの、それよりも遥かに大きな解放感が私を包んでいる。迷子。この甘く郷愁を誘う響き。迷子。さて誰に道をたずねようか。迷子。なんともいえず素晴らしいものじゃないか。

そう、私は今、道に迷っているのだ。

昔からつまらない男だと言われてきた。酒も煙草も嗜《たしな》まず、賭け事など手を出したこともない。見合いで出会った妻以外には女を知らない。そう言ったときには、古い友人にすら目を見張られた。かといって高級な品物に興味はないし、金のかかる趣味があるわけでもない。強《し》いて言えば、地図を眺めて目的とする場所までの最短ルートを考えることが趣味かもしれない。小説や映画といった架空のものごとにはそそられないので、こういった実利的な頭脳ゲームの方が私には向いているのだろう。

道を外したことのない人生。奔放な祖父のせいで苦労を強いられた母は、私に着実で確実な生き方をしろと言い聞かせた。真面目。四角四面。堅物。周りにどう呼ばれてもかまわなかった。苦笑混じり、あるいは呆れ顔で発せられたその言葉たちは、いつか美徳への賛辞に変わるのだと私は信じていたから。

妻との間に娘が出来たとき。もしかしたらあれが私の最も幸福な瞬間だったのかもしれない。生まれたてでふにゃふにゃとした赤ん坊を初めてこの腕に抱いたとき、私は後先考えずに童謡を歌いまくった。看護師が眉をひそめても、同室の女性にカーテンを閉められても、私は赤ん坊のために歌を歌い続けた。困惑した妻が私から娘を取り上げた後、私たちは顔を見合わせて笑った。すべてが計画通りに進められてきた私の人生の中で、あれほど我を失ったことはない。酒に酔ったことのない人間でも、幸福には酔うことができるのだと知った。

しかしその娘は長じて道を踏み外した。母が祖父を反面教師としてきたように、娘もまた私を反面教師として捉《とら》えたのだ。

「お父さんみたいな予定通りの人生なんて絶対嫌！」

それが口癖だった娘は夜遊びをし、幾人もの男とつきあい、失敗と挫折を繰り返しながら専門学校を卒業した。

「迷い道のない人生なんて、味気ないよ」

私には理解しがたい世界で理解しがたい生活を送っていた娘は、最後にそう言い残して家を出た。妻は私に内緒でひそかに連絡を取り続けていたらしいが、そのことが食卓の話題に上ることはついぞなかった。

しかし私の頭の中には、娘の残した言葉が案外深く刻みつけられていたらしい。なぜなら職場や出先で道に迷う人間を目にするたび、私はその相手を観察してしまうのだ。なぜ迷うのか。どうやってその状態から抜け出しているのか。その理由がわかれば娘の気持ちも理解できるのかもしれない。頭のどこかでそんなことを思いながら、私は迷う人々を見つめている。

何年も観察を続けていると、道に迷う人間にはいくつかのパターンがあることに気がついた。まず彼らは地図を見ない。あるいは見ても、理解できていない。そして運良く地図が理解できても歩き出したが最後、自分がどこを背にしているか失念する。東西南北がわからないのは当たり前。さらに駅や幹線道路といった目印を把握しないのも当たり前。彼らは目的地と自分のいる地点のことしか考えないから、一本でも道がそれたら迷ってしまう。

ではなぜそんな状態で家を出ることができるのか。私だったら行き先の地図を眺め、目的地の周囲までをおおよそ把握してからでないと出かけられないものだが、彼らはそんな状況に一切臆することなく外出する。そして迷いながら私の倍以上の時間をかけて目的地に到着するのだ。まったくもって非合理的かつ非論理的である。

しかし道に迷う人々を観察していると、ある共通項が見えてきた。それは「道に迷う者に好意を抱かれやすい」ということだ。これもまた私自身の感情による非論理的な感想に過ぎないのだが、道に迷う人々の大半はその突破口を他人の助言に頼るという傾向がある。

「すいません、道に迷ってしまいまして」

彼らは交番にいる警察官にものをたずねるように、道行く人にさり気なく声をかける。

「ここへはどう行ったらいいんでしょうか」

地図を見せて困り顔で首をかしげる彼ら。するとよほど不親切な者以外は、たいてい同じように首をかしげてその紙切れをのぞき込んでくれるだろう。

他人をあてにするような行為は、私から見れば依存としか思えない。けれどあるとき同僚との会話の中で、こんな意見が飛び出した。

「人に道をたずねることができる奴っていうのは、根本的に人を信じてるんだよ」

開けっぴろげで信頼を寄せてくる彼らだからこそ、相手もたやすく胸襟《きょうきん》を開いて受け入れる。

「嘘をつかれたり騙《だま》されたりする可能性というのを考えたりはしないものなのか」

「そこまで考えないからこそ、受け入れられるんだろ。子供と同じさ。心から信頼を寄せてくる相手に対して、人はそうそう冷たくなれないもんだ」

私の質問に、同僚は笑って答えた。説得力のある意見だった。私はあまり好意を抱かれるタイプではないが、その原因はもしかしたらこんなところにあったのかもしれない。しかしむやみやたらと他人を信頼するのも考えものだ。冒険と自重《じちょう》を天秤《てんびん》にかけた場合、私の中では大抵自重が競り勝つ。

（だからお父さんは愛されないんだよ）

娘の言葉が記憶の彼方から聞こえてくる。愛されない？　だが見ず知らずの他人に愛される必要がどこにあるというのか。私は自分の父母に愛され、妻に愛されていればそれで満足だ。そして娘は愛するものであって、娘に私を愛する義務はない。

そこに迷いの生ずる隙間はなかった。

孫が出来た。そう聞かされたのは昨日のことだった。妻は昨夜遅くまで外出しており、帰ってくるなり私にその事実を告げた。

「あなた、私たちおじいちゃんとおばあちゃんになったんですよ」

娘が妊娠したらしいということは、妻の態度からなんとなくわかっていた。けれどいつが予定日だとか詳しいことは知らなかったため、私にとっては寝耳に水の出来事だった。

あのやわらかくてふにゃふにゃした感触が甦《よみがえ》る。そうか、孫か。喜びがじわりじわりとわき上がってきた。どんなに小さいのだろう、そしてどんなにか可愛いのだろう。

けれど娘は私のことを好きではないはずだ。私がそう告げると、妻は困った顔をしてみせる。

「そんなこと考えず、ただお祝いに行ってあげなさいな」

きっとあの子は喜びますから。妻の言葉を頭から信じるほど私は単純ではなかった。けれど今、私はその台詞《せりふ》にすがりたいと思っている。なぜなら。

私は人生で初めて、初対面の人間に愛されたいと願っているからだ。

悩みに悩んだ末、私はある結論に達した。そう。道に迷えばいいのだ。

迷い道のない人生を嫌った娘だからこそ、迷った人間にはあたたかく接するはずだ。私は娘の住む部屋までの道のりを思いきり迷い、他人に全幅の信頼を置いて道をたずね、思わず相手が胸襟を開くような人間になろう。

「いやあ、迷ってしまって」

時間に少し遅れて照れくさそうに言う私に対し、ぷっと吹き出す娘。その腕に抱かれた孫は、軽く汗をかいて赤くなった私の禿頭を見て笑うだろう。夫だという男は、そんな私を「お義父《とう》さん」と呼ぶのだろうか。

しかしいざ迷うとなると、相当の努力が必要だった。なぜなら私は娘が住んでいるアパートの番地を知っているからだ。賀状に記してあったそれを頼りに、私は何度となく地図でアパートの場所を確認していた。だから実際に行かずとも、最寄りの駅からの道のりはそらで覚えている。そう、一つ目の角にガソリンスタンドがあり、二つ目の角にコンビニエンスストアがあることまで。

そこで私は非常手段として、あえて駅を一つ乗り過ごしてみた。ここから歩けば、きっと迷うに違いない。記憶していない駅に降り立ち、あえて隣町に続く幹線道路を避け、似たような家が並ぶ住宅街に入りこむ。携帯電話は持っていると地図の確認ができてしまうので、わざと家に置いてきた。

そうした用意周到な道のりを経て、私は今迷っている。誰はばかることのない、一人前の迷子だ。方向感覚を失い、遠くのビルを見ようにも密集した家が空を塞《ふさ》いでいる。さあ、これで見ず知らずの人間に声をかける準備が整った。あとは道に現れた人物に困り顔で近寄っていくだけだ。

なのに待てど暮らせど誰も通りかからない。平日の午後という時間帯がそうさせるのか、明るい日射しに満ちた住宅街に人の気配はなかった。娘の家を訪問する時間は刻々と近づいている。そろそろ歩き出さないと、度を超した遅刻になってしまうだろう。私はとにかく急がなければと足を速める。けれど速めたところで方向が合っているかはわからない。

私は突然、不安になってきた。動悸を抑えながら、おろおろとあたりを見回す。わからない。自分がどこにいて、どの方向に進めばいいのかがわからない。これが本当の迷子という感覚なのか。

混乱した状態で、ふと嫌な考えが頭をもたげた。もしかしたらこれは迷子なのではなく、ただのボケなのではないだろうか。近隣の地図は覚えていたというのに、わざと外れたはずの幹線道路にたどり着けないなんて異常だ。脳の機能障害かもしれない。なぜだ。ここはどこだ。そしてどっちへ行ったらいいのだ。

むやみに歩き回ったせいで、汗がだらだらと流れ落ちる。不安を感じすぎたせいか口が渇き、入れ歯のにおいと共に口臭が漂う。自動販売機を探そうにも、見当たらない。しまいには涙と鼻水まで出てきた。

こんな私を、孫は愛してくれるだろうか。

ケーキ登場

とあるフレンチレストランの一角に、たくさんの蠟燭《ろうそく》を立てたバースデーケーキが運ばれてくる。

「ハッピーバースデー・トゥー・ユー」

照明が落とされた中、歌声と共に運ばれてくるケーキを見つめながら男は目の前の女に言った。

「おめでたい席に隣り合わせちゃったね」

「ホント。でもいいなあ、こんなレストランでお誕生日を祝ってもらえるなんて」

女は派手に飾りつけられたケーキをちらりと眺めてため息をつく。

「あたしたちのお式のケーキも、食べられるものだったらよかったのにね」

「いいじゃないか。そのかわりあのケーキの何倍も豪勢なんだし」

男は皿の上のオマール海老をナイフで切り分けて、殻を脇に除けた。

愛などない、お互いの都合による張りぼての結婚だった。だからケーキが食べられないと知ったとき、男はひそかに自分たちには似合いだと思った。けれどそれを口にすることは生涯ないだろう。しょせん人生は張りぼてだ。ドラマの登場人物がセットに異を唱えたところでどうなるものでもない。

「でも……」

何かを諦めきれないようにつぶやく女を前にして、男は軽い空《むな》しさを覚えた。隣のテーブルでは、主役らしく着飾った女が嬉しそうに笑っている。若くはないが、綺麗な女だった。丁寧に整えられた爪や隙のない服装が嫌みでないのは、こういったレストランに来慣れているからだろう。その女を囲む男女も皆洗練されていて、店側から愛される客の一団といった雰囲気があった。

しかし自分の前にいるのは、精一杯のお洒落が授業参観のスーツのように見えてしまう女だ。ほどほどの人生。ほどほどの女。それで手を打ったはずではなかったのか。

諦めたつもりでも、何かのはずみに「あったかも知れない未来」を夢想する瞬間はやってくる。けれどそれは相手とて同じことだ。記念日にレストランを予約し、サプライズでケーキを出すような男を選ばなかったのは自分自身なのだから。

でも、だからといって。

「じゃあ、消しまーす」

隣の席の女がすうっと息を吸い込んだ瞬間、男は蠟燭の光に照らされた空っぽの海老の殻を見つめていた。

誘いをかけられたときから、こうなることはわかっていた。女はやけに時間のかかるデザートを待ちながら、逃げ出したい気持ちを必死で堪《こら》えている。

「あ、来た！」

年下の同僚がやけにはしゃいだ声を上げたため、店員が歌い出すよりも早く店内の視線がこのテーブルに集中した。

三十九歳の誕生日だった。その日は空《あ》いていますかと聞かれたとき、一瞬言葉に詰まった。空いていると即答するのは口惜《くや》しかったし、空いていないと嘘をつくのは負けたような気持ちになるからだった。

いつからだろう。アイドルが皆年下になり、甲子園球児は誰かの息子としか思えなくなってきたのは。大学生を子供だと感じ、恋愛対象たる男が減ってきたと世を憂えはじめたのは。

「お誕生日、おめでとうございまーす」

舌っ足らずな声の同僚が、ケーキを女の前に誘導する。蠟燭の数はきっちり三十九本。無理やり差したせいなのか、ケーキ自体がめらめらと燃え上がっているようにも見える。手の込んだいじめ？　一瞬そう思ったが、この若い女の仕事ぶりを見るにつけ天然だという方に天秤《てんびん》が傾いた。席の皆がにやにや笑っているように見えるのも、きっと自分が卑屈な気持ちでいるからだ。

右隣の席では、初老の男性と孫娘らしい二人がにこやかに手を叩き、左隣では大切な日のディナーを食べに来たであろうカップルが生真面目な表情で拍手してくれている。もしあのとき彼の言葉を信じていたら、私にもあんな未来があったのだろうか。つつましやかなお洒落をし、記念日には二人で緊張しながらレストランを予約する。平凡でも、涙が出るほど愛《いと》おしい生活。私はきっと、あんな風になりたかったんだ。

まるでさらし者。派手な炎を前にして、それでも女はとっさに笑顔を浮かべた。そうしなければ、もっと惨めな結末が待っている気がしたから。

しかし正面に座った若い男性社員は、女の表面的な笑顔を素直に受け止めたらしい。しつけのつもりでいつも厳しくしているというのに、誰よりも大きくうなずきながら笑顔を返してくる。ありがとう。子犬みたいに可愛いわ。女はふと、ペットのいる生活も悪くないかと考える。ペットがいれば、余計なことを考えずに済むかもしれない。

でも、だからといって。

「じゃあ、消しまーす」

女がすうっと息を吸い込んだ瞬間、テーブルの下で何かが動いた。

とっさのことで、間に合わなかった。少女は小さく舌打ちをする。今までチクが私の手を離れたことなんてなかったのに。

「どうかしたのかい?」

初老の男が穏やかな声でたずねた。けれど少女は何事もなかったかのように首を振る。

「なんでもない。ちょっとリップを落としちゃっただけ」

見ず知らずの男だった。いきなり街角で声をかけられ、レストランへつきあってくれないかと言われた。十五で家を出て以来、援助交際は慣れたものだし高級な食事も魅力的だった。さらに適当に入ったブティックでワンピースと靴を買ってもらい、予約済みの席に通されると自分がお嬢様になった気がして心地よかった。

聞いたこともないような名前の料理はおいしかったし、男は必要以上に踏み込んだ話をしなかった。だからつい気がゆるんだ。息抜きのために開けておいたポシェットの隙間から、チクがするりと逃げ出したのだ。

「チク、チクってば」

ペットショップの裏に捨てられていたハムスターだった。どんな種類かもわからないようなおかしな毛並みに、くるくる動く真っ黒な瞳。ひげがちくちく伸びているから、チクと名づけた。

最後にはテーブルの下にもぐり込むしかないか。そう考えながら少女は必死にハムスターを目で追っている。しかしそんな少女の様子をよそに、初老の男がびくりと身をすくませた。

「来た……！」

「は？」

わあっという歓声と共に、隣の席にケーキが運ばれてくる。誕生日のケーキなんて、もう二年くらい食べてない。少女は思わずつられて拍手をしながら、その中心にいる女を見た。お母さんに、ちょっと似てるな。しかし男は彼女を見ていたのではなかった。

「わかるかい？　ケーキを持ったウエイターの隣で歌を歌っているパティシエがいるだろう。あれは、私の娘なんだよ」

「へえ」

チクを目の端で追いながら、少女は適当な相づちを打つ。

「大学に行かずに菓子職人になるといって家を飛び出してから、ずっと会っていなかったんだ」

感動に目をうるませる男を見て、少女は口の中でつぶやく。死んじまえ。くたばっちまえ。どっかいっちまえ。お前ら全部。

早くチクを捕まえてここを出よう。チクさえいればいいんだから。少女は呪文のようにハムスターの名前を繰り返す。幸せそうなカップルに、誕生日を盛大に祝ってもらえる女。そして娘を心配する父親。少女の手の中にはどれ一つとしてない。

でも、だからといって。

「じゃあ、消しまーす」

照明が落ち、隣の席の女がすうっと息を吸い込んだ瞬間、少女はさっとテーブルクロスの下にもぐり込んだ。

ネズミがいる。テーブルの下を探っていた男はぎょっとした顔で手を止めた。信じられない。こんな高級なレストランにネズミがいるなんて。隣の席の女子高生っぽい女の子も、それに気づいたのか目で追っている。

すべてにおいて段取りの下手な男だった。見た目は悪くないはずなのに、いちいち女性の心を摑《つか》むタイミングを外す癖があった。本当は数人で集まるはずのバースデーパーティーがいつの間にか大勢に膨れあがり、洒落た店内をネズミが闊歩《かっぽ》する光景を目の当たりにして男は頭を抱えたくなった。

彼女のことが好きだった。入社してからずっと何くれとなく面倒を見てくれた先輩。年は離れていても、気持ちは本物だ。そしてそのことを証明するため、皆の前で告白しようと今日のパーティーを企画した。ケーキの蠟燭が吹き消され、明かりがついたら立ち上がる予定だった。

しかし、ネズミが。小さい頃に足を嚙《か》まれてから恐怖の対象になっているネズミが、よりによって男の足元に近づきつつあった。悲鳴を上げたくなる気持ちをぐっと抑え込んでいると、最悪のタイミングでケーキが登場した。

大きなケーキを目の前に置かれた彼女は、最初びっくりしたような顔をしていた。けれどしばらくすると花が咲いたように笑顔へと変わる。男はそんな彼女を見て、心の底から嬉しくなった。つかの間、テーブルの下のことも忘れて彼女に微笑みかける。

しつけがゆるく比較的子供に干渉しない家庭に育った男は、女性にぶたれたことがなかった。だから仕事のミスから彼女の平手打ちを受けたとき、まるで雷に打たれたような衝撃があった。今までこんな風に接してくれた人がいただろうか。自分の手を痛めてまで教育してくれる彼女の姿に、感銘を覚えた。そしていつしかこう思うようになった。彼女にぶたれるのは、自分だけでいい。

その日から、男のミスは減った。彼女だけに叱られたいから、他の場所では極力間違えないように気をつけたのだ。すると上司にも褒められ、仕事も大きなものを任されるようになってきた。それもこれも、彼女のおかげだと男は思っている。

ふと、バースデーソングの歌声が不自然なことに男は気づいた。よく見るとケーキの横に佇《たたず》むパティシエと思《おぼ》しき女性が、感極まった表情で声を潤ませている。店側にはこの後自分が立ち上がることまで伝えてあるので、もしかしたらその場に立ち会ったことに感動したのかもしれない。自分の作ったケーキが誰かの人生の大切な局面を飾る瞬間に立ち会うことなんて、そうそうあることでもないだろう。男はパティシエの泣きそうな笑顔に勇気づけられ、深呼吸を繰り返した。

やっぱりどうしたってネズミは恐い。でも足元に手を伸ばさなければ、プレゼントを取り出すことはできない。けどネズミはすぐそばまで来ている。

でも、だからといって。

「じゃあ、消しまーす」

愛する女がすうっと息を吸い込んだ瞬間、男は指輪の入った小箱をクロスの下で握りしめることに成功した。

ついに見つかってしまった。絶望的な気分でパティシエは頭を垂れる。歌の人数が足りないからちょっと手伝ってよ、と言われほいほい出てきたのがまずかった。

最悪の父親だった。小さい頃から暴力をふるわれ、ついには性的な部分まで奪われそうになったとき、命からがら家を出た。死別した母が残してくれた金でアルバイトをしながら製菓学校に通い、資格を取ってようやく独り立ちしたところだった。

前に働いていた店にも、父は来た。まだ資格を取る前だったからホールで注文をとっていたのがまずかった。突然手をつかまれ、お客の前で引き倒された。世話になった人に礼も言えぬまま、走って逃げるしかなかった。

その父が、目の前で善人面をして手を叩いている。しかもなぜか女子高生らしき女の子と一緒に。どんな話をでっち上げて連れてきたのかは知らないが、お嬢様っぽい可愛い子だった。無邪気に拍手している様を見ると、胸が悪くなる。作り物の親子。まるで悪夢だ。パティシエの歌声は、恐怖に引きつって震えた。

とにかく早く逃げなければ。そうは思うものの、自分のケーキで誕生日を祝われている人の場を乱すことはしたくなかった。聞くところによると、この後にはロマンチックな演出が用意されているらしいし。それが終わるまでは父も席を立つことはないだろう。いや、けれど確信を持つことはできない。最高のタイミングで最悪の結末を仕掛けてくる可能性もある。せめてその直前に逃げ出せば、最小限の被害で済むかもしれない。

でも、だからといって。

「じゃあ、消しまーす」

女がすうっと息を吸い込んだ瞬間、パティシエはいつでも走り出せるよう片足をぐっと踏み込んだ。

一瞬の暗闇の中。今さら止められない人々が誰とも交わることのない思いを抱えてそれぞれに動き出す。

ほどけないにもほどがある

ステカン。使い捨て看板のことを略してそう呼ぶ。木材の枠に印刷された布を張った縦長のものがオーソドックスなサイズだが、立てかけただけでは倒れてしまうため、そのほとんどは針金やビニールテープなどで固定されている。

俺はベルトに下げた作業バッグから針金を出すと、周囲を見渡してから素早く目の前の電柱にステカンをくくりつけた。こいつの設置は基本的には違法行為なので、見とがめられるのはまずい。とはいえ通りすがりの一般人はさして問題じゃない。困るのは、警察か地元の商店会あたりに見つかったときだ。

「ほい、いっちょあがり」

針金をきりきりねじって留めると、俺は隣の電柱に移動する。今日の広告主はこのあたりを根城《ねじろ》とする風俗会社らしく、派手なショッキングピンクの布に『テレクラ・出会い系』などという文字が躍っている。

以前ステカン業界ではパチンコ屋と消費者金融が大口の客だった。しかし儲かった者勝ちというかなんというか、あいつらは有名になった途端、違法行為を含むステカンから離れていった。

代わりに台頭してきたのは、出会い系アダルトサイトと携帯ショップの広告。一見関連のなさそうな業種だが、実はこの二つには共通点がある。それは「逃げ足の早いこと」だ。

もともとインターネット関連の事業には店舗など無用だし、携帯ショップもハコと見本の携帯電話さえあれば始められる。つまり、ステカンを警察に見とがめられたらいつでも店じまいのできる業種。それが今のお得意さんってわけ。

「よう、兄ちゃん。今日もやってるね」

駐輪場の横を通ると、こ汚いおっさんが声をかけてきた。

「どうだい、景気は」

天然ドレッドのおっさんはこのあたりで寝起きしているホームレスで、人恋しいのか俺が通りかかるたびに話しかけてくる。

「これ以上悪くなれねえよ」

「はは、そりゃいい。現状維持ってやつだ」

おっさんはちびた煙草を指に挟んで、意味もなく大声で笑った。俺はそれを軽く無視しながら、金網にステカンをくりつける。するとほんの数メートル先に先人の足跡《そくせき》があった。

（またあいつか）

蛍光グリーンに『携帯ゼロ円機種！　多数在庫あり』と書かれたステカン。それ自体はありふれたものだし、設置人同士の地域がかぶるのもよくあることだ。しかしこれには一つだけ特徴があった。

(やっぱり)

金網の裏を確認して、俺はため息をつく。小包用の細い紐《ひも》。それがあいつのお約束だ。

「おっさん」

「ん？　なんだい」

「このステカン置いてった奴の顔、覚えてるか」

「いやあ、覚えてねえな。だってそいつ、俺が話しかけてもふり返りすらしなかったもんなあ。嫌な奴だよ」

そうだ、嫌な奴だ。俺は心の中でつぶやく。

あいつの仕事を初めて目にしたのは、一週間前のことだった。いつものようにステカンを抱えた俺は、繁華街と裏通りを行き来しながら設置作業をしていた。するとある地点から、いきなり看板の枚数が増えていた。繁華街の電柱ばかりに設置されたところを見ると、明らかに素人の仕事だった。

(どっかの新人、か)

入ったばかりのアルバイトは、とにかく人目につきさえすればいいと思って大通りや繁華街にステカンを設置したがる。しかし同じ場所をずっとうろついていたら見とがめられる確率も高くなるし、なにより宣伝効率も悪い。よく考えてみればわかることだが、いかがわしい広告をじっと眺めるのには裏道こそが最適だ。そこで慣れた設置人は、表通りから裏通りへと誘導するようにステカンを並べていく。

「んじゃちょっと失礼、っと」

新人の仕事が俺の流れを遮《さえぎ》っていたので、俺はそのステカンをずらそうと手をかけた。不慣れな人間がつけると、大抵は紐がゆるんで動かしやすくなっているからだ。しかし次の瞬間、意外な手応えを感じた。

（へえ）

裏を覗《のぞ》き込むと、きっちりと結ばれた小包用の細い紐が目に入る。針金とビニールテープが一般的なこの業界で、麻っぽい素材は珍しい。しかもその結び方がおかしかった。電柱を抱え込むようにぐるぐると回された紐は、だらりと垂れ下がった端を引っぱると呆気《あっけ》なくほどける。

紐の無駄遣い。そう思うのは簡単だったが、俺の中の何かがその考えを否定した。

（外れやすいんじゃない。ほどきやすいんだ）

ステカンの設置作業は、終わることのないイタチごっこだと言われる。設置しては外され、外されてはまた設置という状態を見ていると、慣れた俺でもたまに空しくなってくることがある。どこかで聞いた話だけど、一番辛い拷問はただ穴を掘ってはまたそれを埋めさせるというものなんだそうだ。目的のない作業を繰り返すことがいかに精神に悪影響を与えるか、俺は身をもって知っているってわけ。

けど、これを設置した奴は明らかにその作業を楽しんでいる。同じ並びにあるステカンを観察した結果、俺はそう思った。なぜならその結び目が一つ一つ違っていたからだ。

(ボーイスカウトかっての)

しかもその工夫を凝らした結び目は、外す人間のことを思いやったかのようにどれもほどきやすい。素人くさい並べ方のくせに、この仕事はなんだ。俺は自分がねじった後の針金を見つめて、小さく舌打ちをする。

俺だってそれなりのこだわりがないわけじゃない。針金が細すぎると手が切れやすくなるし、太すぎるとひねりにくい。ついでに言うなら、俺はあいつと違って外されることをよしとしない。だからいつも針金は終わりまでぎっちりとねじりまくる。

ステカン貼りなんて、傍目《はため》から見れば下らない仕事だ。時給だって出来高制で異常に安い。だから仕事のプライドなんてもんは、芽生える余地すらない。

（けど、むかつく）

プライドはなくても負けるのは癪《しゃく》にさわる。その日を境に、俺はあいつのステカンを意識しはじめた。あいつは最初こそ素人臭い設置をしていたものの、三日後にはいっぱしのステカン貼りらしい誘導をやってみせ、さらに俺を驚かせた。

駐輪場の脇に貼られた誘導ステカンを見つめていると、おっさんが思い出したように言う。

「あ、でもさ。顔は見てないけど追っかければ会えるんじゃないかな。貼ってってたのはついさっきなんだし」

「ついさっき？」

「そう。十分も経ってないと思うよ。しかもステカン貼りながら歩いてるんだから、そう遠くへは行ってないでしょ」

限界まで吸った煙草を名残《なごり》惜しそうに消しながら、おっさんは奥の裏道を指さした。俺は駐輪場を横切ると、その道を小走りで進む。

（今日こそ顔を見てやる）

見たからどうなるというわけではないが、それでも不思議と気が急《せ》いた。あいつの貼ったステカンを頼りに追ってゆくと、やがて薄暗いトンネルにたどり着いた。どんよりとした湿気と人気《ひとけ》の無さが、いかにもうしろめたい業種にぴったりだ。

そしてトンネルの中ほどに、一人の人物が立っている。

「ああ、やっと来ましたね」

にっこりと笑って会釈しているのは、見たところ四十代くらいのそれなりに身なりの良い男だった。思い描いていた「あいつ」とあまりにもイメージが違うため一瞬悩んだが、手もとにステカンと細い紐が見えたので確信する。

「やっと来た、ってどういう意味だ」

「これは失礼。やっと会えた、そう告げるべきでしたね」

男は微笑みながら手を差し出す。

「あなた、針金の人でしょう」

「俺のことを知ってるのか」

「知ってますよ。なにしろこの地域で見習うべき人はあなたくらいしかいませんからね」

やり方は違うものの、認めていたということか。悪くない気分で俺も手を差し出す。そうそう、下手《したて》に出てればこっちだっていちゃもんつける気はねえよ。

「俺もあんたのことは知ってるよ。ところで一度会ったら聞こうと思ってたんだが、あんた、なんであんな結び方をするんだ」

　俺がたずねると、男は手に持った紐をふわりと握手の腕にからませる。なんだ、手のひらもにちゃにちゃして気持ち悪い野郎だな。

「なんで？　そんなことあなたが一番よくご存じでしょう」

「ということは、やっぱりほどけやすくしてるんだな」

「そうですよ。たまらないですね、ステカン貼りは」

「はあ？」

　うっとりと遠くを見るような表情で男は喋《しゃべ》る。

「見て欲しいくせに公衆の面前では見ないで、と言っているんですよ。しかも貼った先から剝《は》がされていく。この矛盾。この混沌《こんとん》。これこそ世界そのものです」

「……SMかよ」

　プロのステカン師だと思って来てみたら、ただのSおやじ。俺はがっかりして手を離そうとした。けれど、離れない。

「あれ？」

「人体を縛る上でも矛盾はあります。結局のところ、人は縄で縛られたらいつかはそれをほどかなければいけません。でないと鬱血《うっけつ》してしまいますからね」

「おい。離せよ」

手を引っぱろうとすると、なぜか手のひらが引きつれた。

「ほどくことを前提とするならば、せめてそこに芸術性を持たせようと私は考えました」

「それでほどけやすくしたのか」

イメージはプレゼントのリボンです。俺の問いかけに男はそんな台詞《せりふ》を返してくる。気色悪い。ていうかこの手のひら、どうなってるんだ。離そうとすると表皮に痛みすら感じる。

「しかしあなたの作品は、そんな私をあざ笑うかのように立っていた。針金で限界まで絞られたステカンは、ほどかれることなど考えてもいない。いや、拒んでいると言ってもいいでしょう」

縛り上げられたままの身体。永遠に外されることのない縄をこの男は脳裏に描いていたのだろうか。

「ほどかれるという前提をくつがえしたあなたは、予定調和の向こう側を私に見せてくれた。だから会いたかったんですよ」

「そりゃどうも。ていうかそろそろこの手を離せよ。それともなにか、あんた、Sの上にホモだとでも言うのか」

「遠からず、ってとこですかね。性別は問いませんから」

皮肉のつもりで言った台詞が普通に返され、背筋に怖気《おぞけ》が走る。

「ね。私の家でステカンになりませんか。針金で限界まで縛り上げて、永遠に続く甘美な苦しみをあなたに与えてあげる」

耳元で囁《ささや》かれた瞬間、俺は大声を上げながら手を力一杯振り払った。べりりと嫌な音がして、手のひらに激痛が走る。見ると、皮の一部が剝がれて血が流れている。おそらく握手をする際に、瞬間接着剤のようなものを塗っていたのだろう。

そして剝がれていない場所には、逆に男の皮膚が付着していた。気持ち悪さに吐き気をもよおしつつ、俺は後じさる。

「……せっかく一つになれるかと思ったのに」

苦痛に歪んだ声を出しながらも、男は俺の目を見てにっこりと笑った。俺はそんな男に背を向けると、脱兎《だっと》のごとく走ってトンネルから逃げ出す。


その日以来、俺は担当区域を変えた。けれどどこで仕事をしていても生々しいあいつの記憶は消えず、用心のため他人の設置したステカンの裏を覗く癖がついてしまった。

けれどつい三日前。俺は見つけてしまったのだ。遊び心たっぷりの結び方でくくりつけられたステカンを。ちなみに小包用の紐の端は、二本まとめてボンドで固めてあった。その変質的な作業にぞっとしながら、俺は自分のステカンを針金で電柱にくくりつける。ゆるく。いつでも誰でも外すことができるようにゆるく。

最後

中年男が三人、駅前の広場に立っている。一人は小太り、一人は眼鏡、そしてもう一人はこれといって特徴のない男。憂鬱そうな顔で、ぼそぼそと会話をしている。

「遅いですね」

眼鏡が焦《じ》れたようにもらすと、特徴のない男が同意した。

「本当に」

すると小太りが軽く手を上げて二人をいなす。

「いいじゃありませんか。我々はもう、急ぐことなどないのですから」

その言葉を聞いた瞬間、二人の表情がとろけるようにやわらいだ。

「そうですね。急ぐことなんてない」

「まったくだ。この期《ご》に及んで申し訳ない」

やがて三人が佇む広場の脇に、「わ」ナンバーの白い車が姿を現す。

「おまたせしました」

顔を出したのは痩せぎすの男。やはり中年だ。

「さて、最後のドライブに出かけましょうか」

その台詞に皆がうなずき、車に乗り込む。

二十分ばかり走ったところで、男は河原に車を停めた。ばらばらと男たちが出てくる。五月の空は晴れて、ほどよく暖かい。

「ああ、いい風だ」

小太りがうーんと伸びをする。

「川から吹く風の匂いなんて、忘れてましたよ。この少し土臭くて水っぽい感じ。昔を思い出します」

痩せぎすの隣で特徴なしが指をさす。

「あそこ。少年野球のチームがいる」

「懐かしいなあ」

「お。やってましたか」

「ええ。これでも結構なバッターでしたよ」

グラウンドを走る少年達に目を奪われていると、どこからかざわめきが近づいてきた。眼鏡がふり返ると、そこにはベビーカーを押す母親と幼児の大群がいた。狭い土手の道を横一列に広がってぺちゃくちゃとお喋りをしながら、片手間にベビーカーを押している。そしてそんな母親たちにかまってほしい幼児が、叫び声を上げ続けていた。

「おかあさんおかあさんおかあさん！」

「あそこあそこあれなに！」

「やだーもうかえるー。もうかえるー。いーやーだー！」

騒がしい集団に道を譲りながら、男たちは目を細める。

「命そのもの、といった感じですな」

「まぶしいくらいです」

そして土手の下に目をやると、高校生くらいのカップルが身体をぴたりとつけて唇を重ねていた。どちらも制服をだらしなく着崩し、脱色を繰り返した質の悪い金髪に、ピアスをしている。

「若者か」

特徴なしがため息のように声をもらす。

「やはりまぶしい。たとえどんな姿であろうと、若さはそれだけで美しい」

男たちはぶらぶらと土手を歩きながら、煙草に火をつけた。

「ああ、うまい」

たなびく煙が青空にのぼってゆく。

「最後の煙草を屋外にして、本当によかった」

眼鏡がくわえ煙草のまま、にやりと笑う。

男たちが次に車をつけたのは、蕎麦屋の駐車場だった。店に入り、それぞれ酒と肴と蕎麦を注文する。板わさ、焼き海苔《のり》、卵焼き、焼き味噌。そして大海老天ぷらそば、鴨南蛮、胡麻切り、せいろ。

「末期《まつご》の酒ですよ」

ぐい飲みを合わせて、男たちは笑う。

「まさに甘露」

痩せぎすがほうっと息をついた。その横で小太りが卵焼きを口に運ぶ。

「蕎麦屋で昼酒というのに、憧れてました。最後に夢がかなった気分です」

「うまいなあ、うまいなあ」

せいろを勢いよく片づけながら、特徴なしが声をもらした。

「こんなうまい蕎麦は、今まで食ったことがない」

隣で眼鏡が静かにうなずく。

「わたしは蕎麦が好きでね。ほとんどの有名店に足を運びましたが、こんなに感動したことはありません」

「ごく普通の店だからこそ、気負わず蕎麦の真髄をつかめたのかもしれませんよ」

そう話す小太りの正面で特徴なしはせいろを重ね続けた。

「うまいなあ、うまいなあ」

腹ごなしに海岸線までドライブした後、男たちは国道沿いのカフェで一人の女をピックアップした。

「彼女はすべて納得ずくでここに来てくれています。そして乱暴なこと以外なら、何をしても良いと言ってくれています」

「……よろしくお願いします」

頬を染めて頭を下げた妙齢の女性に、残りの三人は色めき立つ。

「こんなお願いを受けてくれるなんて、まるで女神様だ」

「いや観音様だろう」

そして国道沿いのラブホテルに入ると、四人はそれぞれの欲望を好みの形で女にぶつける。

「きれいだ。本当にきれいだ」

女の裸身を飽くことなく見つめ続ける小太り。

「笑ってくれないか。君の笑顔を心に焼きつけたいんだ」

こめかみの汗を指で拭ってやりながら、眼鏡が囁《ささや》く。

「やわらかいなあ。あたたかいなあ」

特徴なしはここでも一心不乱につぶやく。

「最後の女があなたで、本当に良かった」

痩せぎすの言葉に、女はささやかな涙を流した。


女を会ったときと同じカフェまで送り届けてから、車はさらに海岸線を走る。そろそろ夕暮れが近づき、あたりは茜《あかね》色の光に満たされていた。

「最後の夕暮れ、か」

「まさに人生の落日だ」

「あの光、あの太陽、そして水平線！　人間はなんてちっぽけで、自然はなんて偉大なんだろう！」

「もう、見ることもないのだろうね」

感動に打ち震える男たちは、やがてひっそりと黙り込み、それぞれの想いに身をゆだねる。

車は海岸を離れ、再び内陸へと向かった。もうすっかり日も沈み、あたりは闇に包まれている。

「次が最後の場所です」

痩せぎすの男がそう伝えると、三人ははっとしたような表情になる。人気のない道路を上へ上へと登り続け、ついにたどり着いたのは高台にある駐車スペースだった。

「ここが最後？」

いぶかしむような声の小太りに、痩せぎすは黙って眼下の景色を示した。

「おお……」

小高い丘の反対側に広がるのは、郊外の住宅地。そこに灯る何百という数の明かりが、夜光虫の浮かぶ海面のように広がっている。

「これが最後の場所……」

感極まったように眼鏡が指で目のあたりを擦《こす》った。

「あの窓の一つ一つに人生がある。そうなんだよな」

特徴なしがいつになく優しい声でつぶやく。

「そしてわたしたち自身も、この暖かい光の中の一部だったんだ」

痩せぎすの言葉に、全員が深くうなずき、顔を見合わせて穏やかに笑った。

「じゃあ最後に、乾杯しよう」

小太りが車のトランクから、ワインの瓶《びん》と人数分のグラスを出してくる。眼鏡がうやうやしくその栓を抜き、男たちは乾杯した。

「わたしたちの最後に」

「最後に」


グラスを空けた次の瞬間、特徴なしが突如として大声を上げる。

「あー、今回も最高だった！」

それに同意するように眼鏡がにやりと笑った。

『最後』と思うと、なんでもきらきらして見えるのはなんでですかね？」

「むかつくガキも馬鹿な母親も、ついでに頭の足りない高校生まできらめいて見えましたからね」

まるで魔法ですよ、と痩せぎすが肩をすくめる。

「ただの安い蕎麦が最高の美味だし、どんなに下品な行為でも最後だからと囁くと女は落ちるし」

「私なんかもう、これをやった後にしか女房とはできなくなりましたよ」

小太りの下品な笑い声が響く。

「来月もまたぜひやりましょうね、『最後の会』」

男たちは次にカップ酒とさきイカを取り出し、くちゃくちゃと噛みながら喋った。

「これは金もかからないし、ゴルフなんかよりよっぽどいい。最高の娯楽だ」

「あ、でも『最後のゴルフ』はいいかもしれませんよ」

「これが最後の一打とか？」

「これが最後のＯＢだったらしらけないですかね？」

「それはそれ。目に染みるグリーンと空に消える白球はいいですよ」

痩せぎすは飲み終えたグラスを崖下に放り投げて笑う。

「とりあえず皆、まだまだ元気ですし。これから色んなパターンを試していきましょうよ」

「そうですね。わたしはものすごく年下の女と恋愛ごっこをしてみたいですな」

「またまた。結局その後は国道沿いに行く予定のくせに」

小太りの肩を特徴なしが軽く叩いた。

「まあ、フィニッシュまでの経過を楽しむのもありでしょう。恋愛ごっこの果てに『最後』だと告白すれば、相手は何でも許してくれますよ」

「何の最後かなんて説明したこともないくせに」

「いやあ、それを言われると弱いなあ」

全員でげらげらと笑う。車に乗り込む直前、眼鏡と痩せぎすが女相手に使った道具を草むらに捨てる。

そして最後の会の最後に、四人は高速道路でトレーラーの追突に遭い呆気ない最期を遂げた。

しつこい油

体がだるい。冷や汗が出てくる。足腰が立たない。
「ついに、ついにここまで来た……」
私はがくがくと震える手でペットボトルを摑《つか》むと、力無く水をあおった。体調は最悪だが、気分は最高。なにしろ私は、自らの手で最高の毒を作り出すことができたのだから。

私はどちらかといえば穏やかで、あまり他人を憎まないタイプの人間だ。「努力家」「不器用」「堅実派」というのは、私の友人たちが私を評するときに使いがちな言葉。たまに「しつこい」「粘着質」なんてことも言われるけれど、欠点のない人間なんていないということで目をつぶっている。だから私は他人の欠点に関しても、比較的寛容な態度を貫いている。そう。実害のある場合を除いては。

一度目の実害は、高校生の時だった。私がずっと見つめていた先輩に、勝手に告白したあの女。私と結ばれるはずだった先輩に何をするのかと、怒りで心が張り裂けんばかりになった。周りの友人は私を慰めてくれたが、そんな私の前であの女はこともあろうに先輩と二人で撮ったプリクラの写真を見せた。許せない。そう思ったけれど、私は作り笑顔でこうつぶやいていた。

「わあ、お似合い」

慰めてくれた友人や、あの女と交友関係のある友人もいる手前、誠実な私は表立ってことを荒立てたくはなかった。だから一晩考えた末、私はごく消極的な行動を起こした。まず、インターネットカフェなどを使ってあちこちにあの女の情報を書きこんだ。実名に現住所、携帯電話の番号にアドレス。タイトルは学校名。「援交希望」と一言書いては、次の板に移った。それから小学校時代のつてを利用して、他校から「あいつは援交してる」という噂を流してもらった。

結果が出るには、それなりに時間がかかった。けれど時間がかかったぶん、消えるにもまた時間がかかった。最初は先輩もあの女を守ろうとしていたけれど、自分と一緒にいるときにもおかしな男たちから親しげに声をかけられるあの女を見て、最後には愛想を尽かしていたっけ。狭い地域で「ヤリマン女」の烙印《らくいん》を押されたあの女は、卒業を待たずして町から出ていった。

二度目の実害は、大学生の時。私が大好きだった教授に、胸元を見せながら近づいてきたあの女。私は教授の講義が好きだったから、何倍もの競争を勝ち抜いてゼミに参加することができたのに、あの女はその貴重な時間をたびたびサボっていた。その上発表する内容も裏づけのないひどいもので、ゼミに入ることができたのはただクジ運が良かっただけなのではないかと誰もが思っていた。

そんなとき、あの女は私に対してこう言い放った。

「だって、研究者にとってはひらめきが大事でしょ。裏づけをとるだけならサルにもできるし」

教授は出来の悪い生徒に苦笑していたけど、私は許せなかった。こつこつと実証を積み重ねることの大切さを知らない人間が研究者たり得る資格はない。

そこで私は文字通りこつこつとした行動に出た。卒論提出を間近に控えた頃、私はあの女の住むアパートを突きとめ、ドアの前に石を一つ置いてきたのだ。毎晩、毎朝、一つずつ。あの女は大学にほど近い所に住んでいたから、大学で姿を見かけたらすぐに行って置いてくることができた。最初は「おかしなことがあるのよねえ」と話していただけだったが、夜中に自転車から窓ガラスに向けて石を投げ、無記名のメールで「STONE」と送りつけてからはめっきり表情が暗くなった。

最後にほんの冗談で小石に似せたチョコレートを「これ、食べれば」と手にのせてやったとき、あの女は「何よこれ！」という声を発して菓子を床に落とした。私はあの女から直《じか》に石の被害を聞かされるほど仲が良くはなかったので、ゼミの皆も同情してくれた。

ほどなくして、あの女は寝不足のせいで卒論が出せなかったという情けない理由で大学を留年した。もちろん几帳面で誠実な性格の私は、すでに卒論を提出済みだった。

そんな私の前に現れたあの女。今日も今日とてオフィスでお嬢様面を貫くあの女。私の人生に、三度目の実害を与えようとしているあの女。

競争の激しいこの会社に入るため、私は在学中にいくつもの資格を取得し、こつこつと努力を重ねてきた。しかし初めての同期会で話を聞くと、他の皆も似たり寄ったりで、それぞれ自分なりの苦労を積み重ねてきているようだった。苦笑まじりにお互いの武勇伝を語り合う中で、あの女はこんな自己紹介をした。

「ごめんなさい。私、実は叔父様のつてで入ったから……」

瞬間的に凍りつく面々。この会社に限ってコネ入社はないと言われていたのに。

「だから皆さんのこと、私、本当に尊敬する」

下から見上げるような目線と、ゆるふわの巻き髪。この一言で同期の男は半分がとこあの女の罠《わな》に落ちた。平等な競争を勝ち抜いたからこその連帯。それをただの一言でぶち壊したあの女を、私はずっと好きになれなかった。

けれど仕事は仕事。来歴がどうあれ、仕事ができれば私は許すつもりだった。けれどあの女は文字通りのコネ入社で、入るなりお茶を出せばいいだけの秘書室勤務になった。働く部署が違うのはいっそ被害を被《こうむ》らなくて幸運、と同期の友人は言っていたけれど、やがてその被害はもっとも深刻な形となって私に降りかかってきた。それも春に。

「ごめん。本当にごめん」

結婚まで考えていた彼が、私に向かって頭を下げた。

「彼女、ああみえて生まれつき心臓が弱いらしくて」

だから？　心臓が悪いことと、私との別れに何の関係が？

「高熱を出すくらいでも危ないらしくて、誰かが一生そばについててあげないと」

だったら家から一歩も出なければいいのに。

「この会社に入れてもらったのも、最初で最後の社会勉強だって言うんだ」

信じられない。彼までもがあの女の罠にかかっていただなんて。私は泣いた。泣いて泣いて泣いて、初めて会社を一日休んだ。

泣き明かした翌日、腫《は》れぼったいまぶたで私は昼食を作っていた。失恋しても食べていかなくてはならない。けれどシンプルなペペロンチーノを口にした数時間後、私は通常とは違う吐き気に襲われた。まさか。まさかそんなことが。

手洗いと洗面台を何度か往復した後、ようやく油にあたったのだと気がついた。にんにくと唐辛子がつけ込んであるので便利だと思って買ったものだが、よく見れば賞味期限を一年も過ぎていた。

失恋に食あたり。最悪の組み合わせに踊らされた休日が過ぎたあと、ふとしたきっかけから食中毒が話題にのぼった。

「俺なんか、学生時代に古くなったハム食って一週間寝込んだぜ」

「私は牡蠣《かき》にあたって高熱を出したことがあるけど」

「牛乳とか一見して古いってわかるものはガードできるんだけどね」

なるほど。その路線でいくと、古い油というのは匂いや味があまり変化しないぶん、悪くなったことに気づきにくいということか。私は自分の体験を披露する機会を待ちながら、大人しくチーズのリゾットを口に運んでいた。多数決で決まったイタリアンのランチだけど、昨日の今日でパスタを選ぶほど私も強い心臓の持ち主ではない。

「ねえ、それにしてもここのパスタっておいしいわね」

ペンネ・アラビアータをフォークに突き刺したまま、あの女が小首を傾げる。

「ていうかあなたは、ここのアラビアータが好きなのよね。いっつもそればっかり」

「それがもうしばらくしたら食べられなくなるのが寂しい、って感じ？」

事情通の女が、にやにや笑いながらあの女の脇を肘《ひじ》でつついた。

「聞いたわよ。寿退社なんだって？」

私は唇を嚙みしめる。忘れよう。もう忘れるんだ。しかし次の瞬間、あの女は信じられない台詞を口にした。

「ねえ。じゃあまた来月のはじめ、皆で集まらない？　私、皆に迷惑ばっかりかけてたから、ディナーをごちそうしたいの」

「えーそんな、悪いわよ。ていうかそういうのはこっちからお誘いしないと」

「そうだよな。じゃあ五月の一週目に、俺たちが予約しとくからさ」

勿論好物のアラビアータは必須でね。そんな声とともに約束が交わされた。

自分から言い出したくせに、いつの間にか上手に招かれる側に回っている。テーブルの下で拳を握りしめながら、私は人知れずうつむいていた。すると視界の隅に、赤い物体が浮かぶ油の瓶《びん》が映った。

唐辛子入りの、オリーブオイル。

自分の身元を危険にさらしてまで毒を購入するなんて、馬鹿な人間のすることだ。一番手っ取り早いのは、そこいらに落ちてる煙草の吸い殻を持ち帰り、ほぐして水につけておくことだろう。

けれど多少なりとも身体の弱い人間を相手にするなら、話はもっと簡単だ。食中毒を起こさせればいい。

私はゴミ箱の中から件《くだん》のオイルを拾い上げ、香りを嗅いでみた。にんにくの匂いしか感じない。ほんの少し舐《な》めてみる。あきらかに腐った、というような感じもしない。よく油の酸化というけれど、本当にこれが原因だったのか。私は首を傾げながら、それでも一《いち》縷《る》の望みを託して瓶の蓋《ふた》を開け、日当たりの良いベランダに放置した。

一週間後の金曜。万全を期して夜に大さじ一杯を料理に混ぜてみる。翌朝、胸焼けと吐き気で目が覚めた。下痢は前回よりひどくなり、吐き気も少し増したようだ。けれど出しきってしまうと、案外すっきりと治ってしまった。まだまだだ。

二週間後。吐き気が二段がまえになった。下痢の治りも悪くなり、一気に体力が落ちた。足腰が立たない。薬の効きが遅い。

三週間後。もう後がない。祈りをこめて口にすると、ついにその症状が現れた。まず、吐き気が止まらなくなった。一度、二度、三度。胃の幽門近くまで出しきった気がするのに、止まらない。薬のため飲んだ水も、薬ごと吐いた。吸収が早いと言われているアイソトニック飲料も、飲んだだけ吐いた。そして五時間ほどトイレから出ることができず、横になれなかったため貧血を起こした。そしてすべてを出しきった後でようやく横たわると、今度は熱がやってきた。解熱剤も効かないまま、四十度近い高熱。

私は、布団の中で悪寒《おかん》に歯をかちかち鳴らしながら笑った。

「ついに、ついにここまで来た……」

友人は私を不器用な堅実派だと言う。けれど実証を積み重ねることは、確実な結果を生むことだろう。私は幹事の手伝いという名目で、セッティングされた席の調味料にこっそりと自作のオイルを混ぜ込んだ。そしてさらに万全を期すためにあの女の隣に陣取り、あの女が挨拶回りに席を立つたびに、手の中に握り込んだアトマイザーで皿にオイルを吹きつけた。

食事の最中、調味料をピザに振りかけたのが五人。パスタにかけたのが二人。そして当然私もそのピザを口にしていた。帰り道、もうすっかり馴染《なじ》みとなった胃の不快感に笑みを堪えきれず、私は誰よりも嬉しそうにあの女の婚約を祝福していた。

しかし一週間後、入院中だったはずのあの女はけろりとした顔で会社に現れた。

「ひどい食中毒だったわね。皆さんは大丈夫だった？　私なんかもう、高熱が出て大騒ぎだったわ」

「高熱って……あなたにとっては、大事《おおごと》じゃない？」

思わず口をついて出た台詞に、あの女は笑顔で首を傾げる。

「大事？　そうね。でも私、世間知らずだけど体力だけには自信があるのよ」

ゆるふわのカールを指先でくるくると弄《もてあそ》びながら、あの女は私の耳元に唇を寄せた。

「やっぱりあなただったんだ。彼とつきあってたの」

「な……」

「彼に嘘ついたのよ。だからあなたはまんまとカマをかけられたってわけ。私が熱に弱いなんて情報を持ってる人、彼以外いないもの」

嘘だ。どうして。私は足から力が抜けていくのを感じる。

「そんな嘘ついて……愛想尽かされるわよ」

精一杯の抵抗。だって嘘はいけない。いけないもの。

「大丈夫よ。だって彼、私に夢中だし」

あの女のグロスで輝く唇が、にいっとつり上がる。

「それにあの日、四月一日だったもの。花嫁の可愛い嘘くらい、許してくれるに決まってるじゃない」

そして再度、あの女は私の耳元に唇を寄せる。まるでキスでもするくらい近く。

「あなた、彼の言葉なら疑いもしないのよね」

「本当に不器用なひと」

最後の別れ

長い長い闘いの果て、ついに兵士Aはこぶし大の石を持ったまま密林から姿を現した。

「お前が、今までの相手だったのか？」

同じようにブッシュの中から出てきた兵士Bは、木製の弓を片手にこくりとうなずく。言葉が通じる相手だったのは、運が良いのか悪いのか。二人の兵士はしばし無言で互いの服装や持ち物、そして風貌などを観察し合った。

「最後のラジオを聴いたか」

不意に、兵士Bが口を開く。

「ああ。だから出てきたんだ。お前もそうだろう」

兵士Aはぼそりとつぶやく。

「そうだな」

つい先ほど流されたそのメッセージは、二人に様々な別れをもたらした。まだ持ちこたえていたはずの祖国、そこにいる家族、さらには人類そのものからまで。

どの大陸からも、遠く離れた島だった。自他共に認める優秀な戦士だった兵士AとBは、それぞれがこの島へ配属されたとき首を傾げた。周りには海しかない、かといって空母や原潜が立ち寄るわけでもない。左遷されるいわれはないはずだが。兵士Bがそう上官にたずねるとこう聞かされた。

「やがてそこは、最後の最前線になる。そのとき生き残った者がこの闘いを制するだろう」

理由は今ひとつわかりづらかったが、同じように配置された兵士の面々を見て兵士Bは納得した。そこには、いずれ劣らぬ精鋭ばかりが揃っていたからだ。

けれどいかに優秀な兵士であっても、国そのものに騙されてはどうにもならない。「我が軍は優勢だ」、「人類の頂点に立つのは我らだ」と聞かされ続けた兵士たち。他の戦況を知る由《よし》もない絶海の孤島で、その言葉を疑う者はごくわずかだった。

しかしそれは、残された我々に対する一種の温情措置だったのかもしれない。もはやただの鉄屑と化した情報端末を見つめて、兵士Bは思う。ぎりぎりまで嘘の情報を流し続けていれば、少なくとも精神が病むことはない。そして闘いは継続していると聞かされていれば、運良く相打ちになることもあるだろう。

誰だって、人類最後の一人になんてなりたいわけがないからな。

お互いを見た瞬間、数少ない希望がまた一つ打ち砕かれた。

「そんな見かけだが染色体は違う、なんてことないよな」

兵士Bがたずねると兵士Aはそっけなく首を振った。

「残念だが、現時点で繁殖の希望は断たれた」

ふり返ってみれば、通常よりも女性隊員の多い配置ではあった。けれど彼女らは一般の男性兵士より数倍優秀だったため、それを不自然とは感じなかったのだ。

「せっかくならノアの方舟《はこぶね》みたく計画的にやってもらいたかったもんだな」

「それには俺も同感だ。滅びるまで闘うくらいなら、負けてでも種の保存をするべきだろう」

「だよなあ」

足もとの蟻を見つめて、兵士Bが自嘲の笑みを浮かべる。

「あ、でも人間以外の生き物はいるわけだから、地球的にはなんの問題もないか。方舟からノアがいなくなっただけで」

「ノアのいない方舟、か」

兵士AとBは、そこでやっと互いの手を差し出した。

「とりあえず俺は殺し合う気はないよ」

「俺もだ。ただお前が殺してくれと頼むなら、それを引き受ける覚悟はあるが」

「あんた恋人いなかっただろ」

「余計なお世話だ」

二人はまるで十年来の親友のように軽口を叩き合う。久しぶりに誰かと話す。それだけで興奮していたのだ。

兵士Aは、冷静沈着を常とした忍耐型。それに対し兵士Bは置かれた状況の不便さまでをも娯楽と捉《とら》える享楽型。タイプの違いはあれど、サバイバルに適した精神構造なのは間違いがない。

「最高に不運な俺たちの出会いに」

残された物資の中から缶ビールを引っぱり出して乾杯した。物資よりも人の減りが早かったため、当面二人が飢えることはない。

「ところで、本当に俺たち二人だと思うか」

倒木に腰を下ろした兵士Aは、兵士Bに向かってたずねる。

「どうだろうな。あの放送を信じるなら、この島以外の場所はすべて壊滅的な打撃を受けたはずだけど」

もし最初の波をやり過ごしたとしても、被曝や特殊なウイルスに耐えうる人間はいない。地下のシェルターにいたとしても、とりあえず数年は地上に姿を現さないだろうし、なによりそこまで用意周到にこもった人間が地上に向かって何の放送もしていないのはおかしい。

「絶望的だな」

「北極とか南極とか、スイスの山の中とか。いそうなところはあるけど、それもどうだか」

「偶然、ウイルスに耐性のある人物がいたとしたら」

「可能性は否定できないけど、そいつを探し出して会える確率と、その旅の途中であんたがのたれ死にする確率はどっちが高いかな」

「間違いなく後者だろうな」

二人はつかの間黙り込んで考える。もしこいつとうまくやっていけたとしても、一生、他の奴には会えないのだろう。そしていずれどちらかがこの世を去り、残された一人は孤独と闘いながら最後の人類として生きてゆく。

「……絶望と孤独がタッグを組んでやってくるって感じだ」

兵士Bはさすがに疲れた表情でビールをあおった。

「せめて女やちっこいガキでもいりゃあ、頑張る理由ができるってもんだが」

「未来への希望ということか」

兵士Aの言葉に、ゆっくりとうなずく。

「そのためにならなんでもできる、っていうパワーの源だな。そういう奴らがいてさえくれれば、俺は死ぬまで一人で藪《やぶ》の中にいても大丈夫なんだ」

「なるほど」

「あんたはどうなんだ。サバイバルのとき、何を心の糧《かて》に頑張ってる？」

兵士Bに言われて、兵士Aは苦笑する。家族も恋人も持たずに過ごしてきた。誰かを愛したら途端に弱くなるような気がして、どうしても踏み出せなかったのだ。

「ミッションの完了。それがすべてだ」

「達成感、ってやつか」

「まあそんなところだ」

仲間が次々に倒れてゆき、たった一人で雪山を下山したとき。あるいは荒涼たる砂漠を他の誰ともすれ違うことなく踏破したとき。兵士Aは常にミッションの完了だけを考えていた。すべてをミッションだと捉えることで、精神のぶれを防いでいたのだ。まるで仕事だと思えばなんでもできる社会人のように。

下草をむしりながら、兵士Bは空を見上げる。

「なあ、人間が二人いると争いが起きるってホントかな」

「さあな。いずれわかることだ」

「俺たちには選択肢が二つある。まず、今みたいにこうやって協力しながら暮らしていくこと。次に理由はどうあれ、殺し合うこと」

片方が絶対的な孤独の中に取り残されることを思うと、殺し合いもまた一つの協力ではないかと兵士Aは感じたが、黙っていた。すると兵士Bが出し抜けに大声を上げる。

「あーあ、わかんねえ！」

「何がだ」

「ここであんたと畑とか耕して暮らす、みたいなイメージがこれっぽっちもわいてこないんだよ。ていうか俺自身はまだぴんぴんしてるのに、この島で朽ち果てるってのも納得がいかないし」

「なるほど。確かにそういった暮らしはイメージしにくいな」

けれど考えを急ぐことはない。自分たちにはいくらでも時間があるのだから。兵士Aはそう言って立ち上がり、このささやかな宴を締めくくった。

翌日、同じ場所に現れた兵士Bに向かって兵士Aはある提案を持ちかける。

「一晩ゆっくり考えてみたんだが」

それを興味深そうな顔で聞いていた兵士Bは、やがてあんぐりと口を開けた。

「なんだそれ？　あんた、早々にイッちまったのかよ？」

「冗談じゃない。真剣に言っている」

「でもそんな馬鹿げた、途方もない……」

兵士Aはうなずくと、まっすぐに兵士Bを見る。

「馬鹿げているし、途方もなく時間がかかる。ついでにゴールの見えないマラソンみたいだとも言っておこう」

「………」

「だが俺もお前も、終わりの見えない状況下でのサバイバルでは誰にも負けない。違うか？」

兵士Bはしばし黙ったまま、じっと兵士Aを見返していた。梢《こずえ》で、名も知らぬ鳥が鳴いている。ここにはいないけれど、他の大陸に渡れば犬や猫がいるだろうか。牛は、馬は、鹿は、鶏は、兎《うさぎ》は。兵士Bはつらつらと哺乳類について考える。人間はいなくても、何か動物を飼おう。一人と一匹。自分が氷の平原に生きる狩人だと思えば、耐えることができそうだ。

「……確かに、それが一番いいのかもな」

「これはあくまでも提案だ。お前が嫌だというなら俺は実行に移すことはない」

「わかったよ。俺も考えてみる」

兵士Bは軽く手を振ると、茂みの中に姿を消した。


そして半年後、兵士Bは一人で船出した。幸い船の材料には事欠かなかったため、手漕ぎという空恐ろしい事態も避けることができた。潮風を身体全体で受け止めながら、兵士Bは大きく深呼吸した。

要するに、孤独と絶望のどちらを取るかという話なのだ。あの日、兵士Aはそう言った。

「二人でいてもやがて孤独は訪れ、それとともに絶望もやってくるだろう。けれどもし今ここで俺たちが別行動をとったなら、少なくとも絶望は避けられるはずだ」

「別行動？」

「おそらく、別れたが最後再び出会うことは難しいだろう。しかしたとえどこで死ぬことになっても、こう思うことはできる。後は任せた。お前は幸せに暮らせよ、と」

「それが希望、か……」

相手の死を知ることがない。世界にたった一人だけ取り残される恐怖を思うと、確かにそれは良いアイデアに思えた。

「残念なことに、今現在ここには未来への希望もなければ、遂行すべき任務もない。つまり俺たちが頑張る理由は何一つないということだ」

「でも別々のルートで生き残りを捜す旅に出れば、俺は誰かに出会えるという希望を持ち、お前はミッションという目的を持つことができる」

「そういうことだ」

理由が満たされること。生き抜くためにはそれが絶対条件なのだということは、兵士Bとて身に染みて知っている。

「……死ぬまでの暇つぶしには悪くないか」

島をふり返ると、さらに半年後に船出する予定の兵士Aが大きく手を振っていた。それに応えるように、兵士Bもまた大きく手を振りかえす。

「とりあえず、水死してあの島に流れ着くことだけは避けないとな」

兵士Bはそうつぶやくと、水平線の彼方へと目をやった。

世界が、広がっていた。

恐いのは

二人の老人が椅子に腰掛けて会話をしている。

「暇ですなあ」

「暇ですなあ」

「それにしても今日は寒かったですなあ」

「いまさら天気の話題もないでしょうに」

「地球温暖化とかいうやつですかねえ」

「確かに桜の時期もずれてましたけどね」

「北極や南極の氷も溶けているらしいですよ」

「そりゃあペンギンも大変だ」

「北極グマだって大変でしょう」

「乗っかる氷がないもんだから、アザラシなんかひどく困っているようですよ」

「立つ瀬がないとはまさにこのことですな」

背を丸めるようにしてくつくつと笑う。

「なんにせよ、温暖化が深刻になる頃には、わたしらいませんでしょう」

「はあ、そりゃそうですな」

「これからの人が頑張らなきゃいけません」

「若者も大変だ」

「確かに。そのせいか昨今は暗いニュースが増えましたなあ」

「いじめや殺人ですか」

「そうそう。中でも気になるのは親が子供を殺す事件ですよ」

「ああ、確かにぞっとしませんな。血のつながった者を手にかけるなんて鬼畜の所業です」

「種の保存という本能からも外れていますからね」

「おお恐い恐い」

わざとらしく身をすくめて笑い合う老人。

「恐いといえば、病気も恐いですなあ」

「この歳ですからね。どんな病気になってもおかしくはありません」

「それもそうですが、新しいウイルスなんかが毎年発見されているような気がしませんか」

「そうですねえ。確かに手だてのないものが増えているような」

「わたしらの小さい頃から比べると、不治の病は根絶されたように思っていたんですけども」

「ガンと水虫を除いて、でしょう」

「そうそう。けどわたし、そのどっちもやっちゃいました。ガンの方は発見が早かったもんで事なきを得ましたけど」

「ちなみにもう一つの方は？」

「長かったですねえ。夏場の革靴なんざ考えたくもない」

「ジュクジュク系ですか」

「じゅくじゅくです。かゆい上に気持ち悪い。家族からもずいぶん嫌われましたね」

「ああ……」

「間違ってわたしのスリッパを履《は》いた娘の悲鳴。あれは忘れられません」

「私も覚えがありますよ。一緒の洗濯機で洗わないで、なんていわれましたっけ」

「口が臭いから同じ鍋はつつきたくないとか」

「一緒の空気を吸いたくないとか」

「いっそ消えてとか」

同時にため息。

「ほんの少しだけですが、わかりますな」

「わかりますな」

「かわいさ余って憎さ百倍、とはよく言ったもので」

「本当に。その上寝ているときだけは天使のようですからね」

「そのまま起きなければいい、なんて思いますね」

「起きられないようにしてしまおうか、なんて」

「ここだけの話、遅く帰ってきたときにそっと手を伸ばしたことがありますよ」

「道具ではなかったんですね」

「そう。なぜだか自分の手しか考えられませんでした。それが実の娘に対する情けのような気がして」

「わかりますわかります。言い換えればそれは触れ合いですからね。小さな頃にはさんざっぱら触れていたあの頬に、あの体に、道具なんて振り下ろしてはいけない」

「ぬくもりと罪悪を背負う覚悟があってこそ、という気持ちでしたよ」

「柔らかさと温かさ。その命を手の中に抱え込んだときのよろこびが甦《よみがえ》りましたよ」

「この手にちょっと力を入れれば、と思うと恐くてしようがありませんでした」

「わたしは崖を覗き込むような感覚に近かったですよ」

「ぞくぞくしませんか」

「しましたね」

「恐いですねえ」

「恐いですなあ」

ふと、顔を見合わせて静かに笑い合う。

「恐いといえば、最近新しいことが恐いんですよ」

「そりゃあ歳を取った証拠だ」

「まあねえ。でもわたしだって新発売のお菓子やなんかは好きですよ」

「じゃあ何が恐いんです？」

「街並みですよ」

「街並み？」

「そう。特に開発の進んでいる六本木のあたりなんか、もはや正視できないくらいです」

「街が変わるのが耐えられないんですかね？」

老人はこくりとうなずく。

「先日、所用があって偶然あのあたりを歩いていたんです。そして用件を終えたとき、次の駅まで半端《はんぱ》に近い距離にいたもんだから、わたしはつい余計な気を起こしてしまった」

「ほうほう」

「健康のため、歩いてみよう。そんなことを思ったのが運の尽き」

「散歩。結構なことじゃありませんか」

「まあ、最初は良かった。街並みや幹線道路を見ながら、このまま行けばどこそこだったという記憶を辿《たど》って、のどかなもんです」

「ふんふん」

「けれど大規模に開発をされたあたりにさしかかったとたん、道を見失いました」

「区画が変わっていたんですかな」

「そう。しかもあたりには交番もない。あるのはガラスで覆われたような洋服屋と英語のメニューを書いた喫茶店だけ」

「道をたずねる気にもなりませんな」

「とにかく歩けばどこかへ出るだろうと思っていたのですが、なかなかその区画を抜け出ることができない。行けども行けども続くのっぺりとした広い歩道と、人工的な街路樹。わたしはついに自分がボケたのかと思いましたよ」

「大げさな。道に迷っただけでしょう」

「いやいや。記憶の流れがぷつりと寸断されたまま、日本なのに日本じゃないみたいな場所で迷ってごらんなさい。悪い夢の中にいるような気分になりますから」

「ははあ、それは確かに嫌ですねえ」

「しかもその景色に、わたしは見覚えがあるんですよ」

「夢で見たとか」

「そうじゃなくて、実際に見たんです」

「はあ」

「というのも、実は先日、友人の見舞いに行きまして」

「『先日』は忙しかったんですな」

「言葉のあやですよ。それでええと、どこだっけかな、あれは。ともかく友人が入居している施設へ初めて行ったんです。なんとかニュータウン、みたいな名前の場所です」

「いかにも宅地造成で出来た感じのネーミングですな」

「どこの駅からも遠くて、あたりには何もない。ただこぎれいに整備された公園みたいな土地が広がってるばかりでした」

「なるほど、確かにのっぺりしてそうですな」

「無機質な建物に、適当に寄せ集められた街路樹。それにゴミ一つ落ちてない白っちゃけた歩道。そんな場所に行った後、わたしは同じような景色の中で道に迷ったんです」

「まさに白昼夢ですな」

「まったく。あんな場所に閉じ込められたら、わたしは確実に気がおかしくなりますよ」

「ちなみにそのご友人は」

「もうとっくに白昼夢の世界の住人ですから、心配には及びません」

「そういうことですか」

「そういうことです」

二人して軽くうなだれる。

「恐いといえば、わたしは『平成何年完成予定』というやつの方が嫌ですね」

「よく家なんかの前に立ててある……」

「それもそうですが、あまり恐くはありません。わたしが恐いのは、鉄道や高速道路なんかの予定の方です」

「ああ、よく路線図や地図に点線で書いてあるあれですな」

「そうそう。その点線が嫌です」

「ほう、それはまた何故？」

「だってあなた、よく考えてもみて下さい。その平成何年は、平気で十年二十年後だったりするわけですよ」

「鉄道なんかは長期計画ですからな」

「長期計画。それは結構ですが我が身を振り返ってごらんなさいよ。その電車が華々しく完成する頃、わたしらはそれに乗ることができますか？」

「……ああ、そういうことですか」

「わたしら、確実に死んでますよ」

「でしょうね」

「なのに若いやつは平気な顔をして言うんです。開通、楽しみですね。早く平成何年にならないかなあ、なんて」

「無邪気なんですよ」

「ロケットの開発くらい長期計画なら、いっそこっちだって笑えます。けど生々しいんですよ、十年単位の話は」

「そういわれれば、そうですね」

「こうしてる間にもどこかで誰かがこつこつと工事をして、鉄道だか道路だかを作っている。それを考えると、ぞっとしませんか」

「こつこつと、時間は過ぎる」

「わたしらの終わりに向かって、こつこつです」

「いっそ計画が頓挫《とんざ》してしまえばいいのに、なんて思いますな」

「ですな。現場に発火物の一つも放り込んでやりたくなります」

「死体とか」

「若い女の死体とか」

「首に指の跡があるから発火物と一緒にね」

「歳を取ってから出来た子だったんです、なんて泣いてね」

「そうそう。娘の服を握りしめてみたりして」

「ついでに下着もくすねてたりして」

「妻に指摘されたら、そのときこそボケたフリですよ」

「ああ、これはハンカチに決まってるだろう。昔お前に俺が贈った白いレースのフリルがついた」

「ああ悲しい」

「ああ悲しい」

泣きまねをする二人。しかしふと顔を上げて残念そうな表情。

「でも実際のところ、娘はもういい歳で若くはありませんよ」

「うちもです。はっきりいっておばさんの仲間ですな」

「……なんというか、萎《な》えますすな」

「白いレースを穿《は》いてるのは、いまや孫の方です」

「ああ、なるほど。その手がありましたか」

「可愛さも百倍です」

「ついでに小憎らしさも」

「おじいちゃん臭い。ウザイ。違う部屋で食べて、ときます」

「いいですねえ。いいですねえ」

「白いレースなのに、紐《ひも》みたいなやつ穿いとるんです」

「許せませんなあ」

「中三のくせに男と外泊をしたりして、しかもそれを日記に書いとるんです」

「ははあ。見ましたね」

「見ましたとも。そしたらあなた、金まで貰ってました」

「末恐ろしい」

「記念と称したいやらしい写真がほれここに」

「ああ、これはいけません。ぜひ工事現場に連れて行かなくては」

「夜か早朝にねえ」

「工事現場は危ないですからね、何があるか」

「恐いですなあ」
「恐いですなあ」

変わった趣味

「ねえ、あれって人かな？」

すれ違いざま、腕に上着を掛けた縞《ボーダー》シャツの男が囁《ささや》く。

「どうかな。ただの親子連れみたいだったけど」

縞シャツの隣でジャケットを着た男が首をかしげた。

「最近のはよくできてるからなあ」

さらにその隣で、パーカーの袖を余らせた小柄な男が苦笑する。

「昔うちにいた『お手伝いさん』なんてひどかったよ。髪の毛どころか瞳もなくて、ハニワの進化系っていうか」

「ここ十年くらいだよな。ロボットが人らしくなってきたのって」

「そうそう。最初の頃は人型《ひとがた》に近づけるのをメーカー側が控えてたんだよ」

男たちが話している横を、今度はいかにもロボット然とした個体が通り過ぎてゆく。見た目は人間そっくりでも、右手の甲に特殊な印が刻まれているのでそれとわかる。

「確か、性的な行為に使用されるのを防ぐのが目的だったって聞いたけど」

「それ以前に、国レベルで生理的不快感を懸念したらしいけどね」

とはいえ新し物好きで細部にこだわる日本人は、次々と新しいモデルを開発し続けた。

そしてその結果、東京は世界でも類を見ないほど精巧な人型ロボットが闊歩《かっぽ》する街となった。

「そういえばまだ欧米の一部では、宗教上の理由で人型を許可してない所が多いんだって？」

「だから最近、観光客が増えてるんだよ。ガイドブックには『アンドロイドシティー・トーキョー』なんて書いてあるし」

喋りながら縞シャツが空を見上げると、今まで真っ青だった部分に雲が広がってきていた。

「これは一雨くるかな」

三人が早足になってから数分後、その言葉を裏づけるように雷が聞こえてくる。

「やばいな」

そう言ってパーカーがフードを被るやいなや、バケツをひっくり返したような勢いで雨が降ってきた。

「俺の部屋まであと少しだ。走れ！」

ジャケットの号令で走り出したものの、マンションに辿《たど》り着く頃には三人ともびしょ濡れだった。

「あーあ」

「途中のコンビニで傘買えば良かった」

ジャケットの配るタオルで体をぬぐいながら、パーカーと縞シャツは適当に腰を下ろす。

「ま、防水機能ついてるからいいけど」

縞シャツは上着を壁に掛け、腕時計のあたりを見つめて笑った。その隣で、パーカーが窓の外を眺めてつぶやく。

「雨か……」

「雨がどうかしたのか」

「いや、雨っていえばさ」

口ごもるパーカーを、残りの二人が不思議そうに見つめる。

「なんだよ」

「やっぱいいや。ひかれそうだし」

「途中でやめるなよ。俺たちの仲じゃないか」

ジャケットがうながすと、パーカーはぼそりとつぶやいた。

「俺さ、最近家庭用のやつでプレイしてるんだよね」

その言葉に、縞シャツが軽く目を見開く。

「へえ。お前、通なんだ」

人型ロボットの普及した現代において、個人の趣味嗜好は多様化の一途を辿っている。過去イメクラで行われていたようなコスチュームプレイはもとより、生身の人間が相手では犯罪になりかねない残酷プレイのマニアまで、欲望の裾野は果てしなく広い。けれどそういった目的のために作られたロボットは大変高価であったため、多くの人は外見の整った家庭用ロボットに違法な改造を加えて使用していた。

「で、どんなプレイをしてるわけ？」

しかしその中でも通と呼ばれる人々は、あえて家庭用ロボットに手を加えずに行為を楽しむ。つまり、未成年を意識した倫理基準が組み込まれた条件の下、それに抵触しないようなスリルを自分で設定するのだ。

「俺はあれだ。なんていうかその……笑うなよ。雨の中に待たせておくのが好きなんだ」

「はあ？　待たせておく？」

「そう。俺の言いつけを守る女が、傘も差さずにどしゃぶりの中、じっと俺のことを待ってる。俺はそれをずっと見てるのが好きなんだ」

「まあ、待たせるだけなら問題ないもんな」

「格好はセーラー服指定か？」

からかうように縞シャツの男がたずねると、パーカーの男は真顔でうなずく。

「できれば夏服で、白い部分が濡れて下着がちょっと透けてると理想的だ」

「っておい、そこまでかよ」

「まあまあ、そこまでやれるからこそのロボットだろ」

「そう。さすがの俺だって本物の人間相手にこんなこと要求しないさ」

風邪ひかせちゃったらまずいもんな。パーカーの隣で、ジャケットがうなずく。

「そういえば俺の同僚の女は、風邪ひいた男を世話するプレイがやめられないって言ってたぞ」

「でもそれ、どうやって指示するんだよ」

「なんでも、親しい人が病気になったときのための予行演習がしたいっていうらしい」

そりゃ知能犯だな、と縞シャツが笑う。

「でも悪くないな。可愛い女の子の熱をはかったり、おでこに保冷剤をのっけたりするのも」

「おいおい」

「ほっぺたがうっすら赤くて、潤んだ瞳で見上げられるんだぞ」

ジャケットはそれを想像したのか、ふとにやけた。

「まあ……悪くないかもな」

「カミングアウトついでに言わせてもらうと、俺もちょっと家庭用でやる趣味があるんだけど」

「お前も？」

パーカーとジャケットが二人して縞シャツを見る。

「ああ。俺の場合は、インストールされてないことをわざと言うんだけどな」

「そんなの、よくあることじゃないか」

なにしろ相手はよくできているとはいえ機械だ。従ってハンバーグはレシピが内蔵されているが肉団子はできないとか、子守歌は再生できても流行の曲は無理だとか、微妙な齟《そ》齬《ご》は数え上げればきりがない。

「でも俺はうちのに、間接お断りモードを設定してるから」

「一人暮らしのくせに」

通常、意思の疎通を早めたい人は「できません」の直接的表現を、そして小さな子供や老人がいる家では「ごめんなさい。それはまだ習ってないから。今度までに練習しておきます」といった間接的表現を好む。

「ごめんなさい、できないの。が好きなんだな？」

「そう。そして一日の中で三度それを繰り返すと、お詫びモードが出てくる」

「当然、可愛いメイド姿なんだろ」

パーカーの突っ込みに縞シャツはうなずく。

「こんな何もできない私でごめんなさい。もっともっと頑張りますから、見捨てずにおつきあい下さいね。そう言ってお辞儀をするから、俺はその頭を撫でていいんだよ、気にするなと笑う」

「……お前さ、今までどんな料理を食べたいって言ったんだよ。最近じゃあ、大抵のレシピはダウンロード可能なはずだけど」

「まず孵化《ふか》直前のアヒルの卵。それから冬虫夏草《とうちゅうかそう》のスープ。伝家の宝刀は、『俺のおばあちゃんが作った』味噌汁だ」

指折り数える縞シャツの隣で、パーカーがため息をつく。

「最後のやつなんか、いくらでも応用が利くだろう」

「まあね。だからずっと楽しめる」

縞シャツがにやにや笑いながら、ジャケットにタオルを放る。

「ところでさっきから聞いてるばっかだけど、お前の趣味はなんなんだよ」

「俺？」

「そうだそうだ。お前もカミングアウトしろよ」

縞シャツとパーカーに迫られて、ジャケットは口ごもる。

「俺は……」

「笑ったりしないから、言えよ」

二人の前で、ジャケットは照れくさそうにつぶやく。

「俺は……趣味とかより、お前らとこうしてるのが好きなんだ」

「そりゃ嬉しいけど」

パーカーが乾いた袖口をたくし上げる。するとその手の甲に印が現れた。

「お前らみたいな友人と、こうして秘密を打ち明けあうのが好きなんだ」

「そうか」

何気ない風にうなずく縞シャツの右手にも、その印は刻まれている。

「誰にも言わないよ」

オタク趣味の友人モードに設定された、パーカー姿の護衛ロボットは深くうなずく。

「お前がどんな趣味を持っていようが、俺たちはお前の側にいるよ」

「だって俺たち、無二の親友だもんな」

穴を掘る

穴を掘っていた。どうしようもなくやりきれない気持ちの行き先がなかったから、穴を掘っていた。

本当はなんだって良かった。ただ走るだけでも、スクワットをするのでも、ただ体を動かしていられれば、多分。けれど偶然手元にシャベルがあって、俺の前には柔らかそうな地面があった。それだけの話だ。掘って掘って掘りまくれば、いつか地球の裏側に出られるかもしれない。そんなことを考えながら、俺は足下の土を見つめる。

最初の一すくいは、おそるおそるだった。そもそも土を掘るなんて、いつ以来だかもう思い出せない。もしかしたら中学生のときにキャンプ場で掘った生ゴミ用の穴、あれが最後かもしれない。どんな感触だっけな。俺は見た目よりも持ち重りのするシャベルを構え、適当に地面へ向けて押した。自分の力というより、引力に頼った自由落下といった風情《ふぜい》だ。ざくり。そんな手応えを期待したのに、シャベルは軽い音をたてて土の上《うわ》っ面《つら》をなでただけだった。引きちぎられた雑草の切れっ端を見て、俺は思い出す。そうか、これはこういう使い方をするものじゃなかったっけ。

取っ手をきちんと握って、地面に対して斜めに突き立てる。さくっ。いい音がした。そうそう、こんな感じだった。しかし刺さったはいいものの、うまく土を持ち上げることができない。しようがないので梃《てこ》の原理を利用して、シーソーのようにシャベルを動かしてみる。すると土の表面がぼこりと持ち上がり、大きくえぐれた。なるほど。最初は踏み固められた部分だから固いんだな。俺はそのえぐれた部分の輪郭を、徐々に広げてみる。どのぐらいの穴を掘ろうか。

とりあえず背の高さ分くらいは掘ってみたい。そう考えた俺は、ドラム缶ほどの大きさをイメージする。しかし掘りはじめてすぐに、そんなサイズは不可能だということに気づいた。シャベルを動かせるスペースをとるには、少なくとも一メートル以上の広さがなければいけない。しかも掘り下げれば掘り下げるほど、その必要性は高まるだろう。でも、だからといってここでシャベルを放り出す気にはならなかった。穴掘りを止めたところで、俺には何もすることがないのだから。

じっと動かないでいたら、気が狂ってしまうかもしれない。とにかく体を動かさねば。

しかし一時間経っても、穴はちっとも深くならなかった。なのに手にはしっかりとマメができ、腰がずきずき痛んでいる。たかが穴掘りと思っていたが、予想外の重労働だ。確かどこかの国の拷問で、穴を掘ってはまた元通りに埋め直させ、それを何度も繰り返させるというものがあった。それのどこが拷問なのかと笑った覚えがあるが、今ならはっきりと言い切れる。無意味な穴掘りは、確かに拷問たり得るだろう。

また違う国では、自分が死体として横たわるための穴を本人に掘らせたという。掘り終えたところで囚人は後ろから撃たれ、穴の中に突っ伏して倒れる。達成感とは無縁の穴掘りがここにもまたひとつ。

地表を掘り返していると、虫がわらわらと姿を現す。ミミズ、ダンゴムシ、蟻、何かの幼虫らしき白いイモムシ、名も知らぬ甲虫、得体《えたい》の知れない羽のないハエのようなもの。最近はどこもかしこもコンクリで固められて、虫なんかいなくなったものと思っていたのだが、土の中にはまだまだ生き残っているらしい。俺はシャベルの先によじ上りつつあったイモムシを、土とともに背後に放り投げた。

誰に文句をつけられるような場所ではないはずだが、脇の道を通る人間は何故か不思議そうな顔で俺のことを見た。穴を掘るのは、そんなに珍しいことか。それとも俺の顔はそんなに荒《すさ》んでいるのか。うつむいたまま拳で額をこすると、茶色い線がひとすじ横に流れた。そうか。泥か。

硬い層を剝《は》がし終えると、やや柔らかい層が出てきた。少し楽になったので勢い良く掘ると、かなりの深さをかせぐことができた。そろそろ背の高さに達しようかという頃、シャベルの先に何か手応えがあった。回りの土をかき出すと、子供の玩具がいくつか出てきた。小さなバケツに、小さなスコップ。もしかすると、ここは昔砂場だったことがあるのかもしれない。俺のしてることだって砂遊びと同じことだけどな。そうつぶやくと、視界の端にきらりと光る物があった。拾い上げてみると、プラスチックで出来たおもちゃの指輪だった。土をこそげ落とすとルビーを模したのであろう、透明な赤い飾りが姿を現した。いつか小さな女の子が通りかかったらやろうか。そう思って掘り続けていると、今度は本当に綺麗な石が出てきた。

そのとき、丁度一人の女が脇の道を通りかかった。そして俺の穴を覗き込んでくる。俺が上を見上げると、女ははっとしたように目元をぬぐった。泣いている。この人も、どうしようもなくやりきれない気持ちになったから穴を覗いたのだろうか。同じ気持ちをわかちあえる人間になにかしてやりたいと思い、俺は取っておいた綺麗な石を穴の縁へ向かって投げた。石は何個も採れたので、数回に分けて投げた。すると最初は戸惑っていた女も俺の意図を察したらしく、石を拾いはじめた。やがてポケットを石で一杯にした女は、穴の中の俺に向かって何度も頭を下げながらこの場所を去った。

多分、喜んでくれた。そのことで俺の気分はぐっと上向きになった。こんな俺でも、役に立つことがあるんだな。たとえあの人が通りの向こう側で石を捨てて帰ったとしても、それはそれでいい。おかしな人から石を貰ったんだけど、という茶飲み話にでもしてくれれば俺は十分満足だ。

穴を掘るのがだんだん楽しくなってきた。コツを摑《つか》んだせいなのかもしれないが、気持ちよく掘り進めることで一種のランナーズハイが訪れたような気がする。手のマメはもう何度も潰れ、腰はがくがくで腕には力が入らないが、それでも止めようという気は起こらない。

しかしそれでも人間である以上、体力の限界はやってくる。すくう土よりシャベルが重くなってきたところで、俺はようやく手を止めた。穴の底に腰を下ろし、上を見上げるともう何メートル掘ったのだろう。青い空が丸窓のようにぽっかりと俺を見下ろしている。するとその窓から、誰かがひょいと顔を出した。よく見ると、どうやらさっきの女らしい。女は嬉しそうに手を振ると、穴の縁に縄梯子《なわばしご》をかけてするすると降りてきた。あなたがくれた石のおかげで借金が返せたの。そう言って女は俺に手作りの弁当と水を差し入れてくれた。

やはりあの石は宝石だったのか。俺がたずねると、女は真剣な顔でうなずいた。でもどうしたらいいのかしら。あんな高価なものをもらってしまって。困惑する女に、俺は気にすることはないと首を振った。何もする必要はない。ただもし気が向いたら、たまにこうして穴を覗き込んでくれれば。そう言うと、女は必ず来ると約束してまた縄梯子を上って行った。

その後女は、思っていた以上に頻繁に姿を現した。毎日のように覗き込んでは俺に差し入れをし、穴の底で雑談をして去ってゆく。そんな日々を過ごすうち、いつしか俺たちは自然な成り行きで夫婦になっていた。さらに縄梯子を二つ繫がなければいけなくなった頃、俺たちに子供が出来た。しばらくはここに来られないけれど、心配しないで。慎重に梯子を上る女の尻を、俺はしっかりと下から支えてやった。穴を掘っていると、こんなこともある。

子供が病院で産声を上げたのとほぼ同時刻に、俺はまた地中から新たなものを掘り出していた。それは古い土器のようなもので、昔学校の教科書で見たものとそっくりなデザインだった。気になったので同じ高さの層を探ると、土器の他にも装飾品らしきものや人形がごろごろ出てきた。生活費にでもならないかと思い、縄でくくった土器を女に渡すと数日後に大勢の人間が丸窓を覗き込んだ。

土器は本物で、しかもそれは大発見なのだと穴の縁から男が叫んだ。さらに大学の教授が来て、この穴は国にとって大切な場所だからあけ渡せと言う。俺はあっけにとられた。その土器をどうしようがあんたらの勝手だ。もっと欲しいなら出てきた分だけくれてやる。けれど奴らはそれでも納得することなく、しまいには国の役人が何やら書類を放り込んだ。

要するに、強制的な立ち退《の》きを執行するという通達だった。何という勝手な言い草だろう。俺の穴なのに。俺が掘った穴なのに。

そして俺は荒れた。穴を守るためなら何でもやった。入ろうとする役人を殴り、穴の底に籠城《ろうじょう》した。途中までは妻が差し入れをしてくれていたが、俺が土木作業員を死なせてしまってからは、姿を見せなくなった。ただ一回父の日に、子供が描いた絵を見せに来た。子供はもう幼稚園に上がっていたが、俺の顔を正面から見たことは一度もない。黒い丸窓の中に描かれた、体の小さいヒラメ顔の男を見つめて俺は少しだけ笑った。

土木作業員を死なせてしまったのは、ほんのささいな事故からだった。強引に梯子をかけて降りてこようとした男が、粘土質の土で足を滑らせたのだ。しかも間《ま》の悪いことに、男は穴の端に寄せてあった岩の固まりに頭を打ちつけた。即死だった。

目の前に突然現れた死体を見て、俺は動揺した。妻との連絡用に使っていた網には到底載らないだろう。けれど上の奴らがここまで来るなんてもってのほかだ。とにかく手厚く葬ってやれば、文句はないだろう。そう考えた俺は、横穴を掘ってそこに死体を埋めた。一人死者が出たことで、上の奴らも考えを改めたらしい。以前よりは穏やかな口ぶりの男が、連絡用の網に書類と水を載せて下ろしてきた。そこには俺が殺人をしたわけではないという関係者の証言が書いてあった。あれはただの事故だから、今出てくれれば罪は軽くて済みますよ。どうやら男は弁護士らしく、柔和な笑顔で俺を丸め込もうとしている。罪？　俺が何をした？　勝手に穴を取り上げようとして、勝手に落っこちてきた相手に対して何を償《つぐな》えというのだ？　あまりにも理不尽な仕打ちに腹を立てた俺は、ある日いつものように網に手をかけた弁護士を引きずり落としてやった。死体はあらたに掘っておいた横穴に放り込み、俺は知らぬ振りを決め込んだ。一週間後、行方不明の弁護士を探して訪ねてきた男に俺は弁護士は来ていないと言った。

そしてしばらく、静かな日々が続いた。俺は再び穴を掘る作業に没頭できたが、そこでまた問題が持ち上がった。ついに食料がつきたのだ。差し入れられたものの中で、種のあるものは蒔いてみた。けれど日の光が遠いこの場所では、せいぜいもやし程度の芽がひょろひょろと出るばかりで腹の足しにはならなかった。予備の横穴を掘っているうちに水脈を見つけたので、とりあえず死ぬことはない。土を食えば、多少のミネラルや虫のタンパク質だって摂取できるはずだ。しかし、このままではいつか飢えることになる。人を呼べば穴をあけ渡さなければならないかもしれない。こうなったら、あれしかないか。俺はぼんやりと、香《かぐわ》しい空気の漂っている横穴を見つめた。

以来、食料が尽きると俺は誰かを呼び寄せることにしている。最近ではこの穴自体が心霊スポットとやらになっているらしく、肝試《きもだめ》し気分で顔をのぞかせる学生が後を絶たない。

人が消える呪いの穴、という名前で呼ばれているらしいが不思議と俺についての情報は知られていない。おそらくもうかなり深くまで来たので、地上からでは俺の姿が見えないのだろう。

それをいいことに、深夜になると自分で殺した死体を放り込んで行く者もいる。はた迷惑な話だが、役に立たないわけでもない。ちなみに粗大ゴミを放り込もうとした奴は、ほぼ全員引きずり落としてやった。上に向かって呼びかけると、人がいないと思いこんでいる奴らは例外なく覗き込んでくるのだ。そして連絡用の網に水を載せてほしいと頼むと、興味本位でロープをたぐり寄せる。後は、横穴をもう一つ掘るだけだ。

丸窓から月がぽっかりと見える夜、俺はたまに歌を歌う。いつかブラジルの地を踏むことを夢見て。

最先端

テレビの中で微笑む女性タレント。朝食を食べながら画面をぼんやり見ていると、彼女がふとした拍子に手を組んだ。するとその動きにあわせて、指先が鮮やかにきらめく。

『まあ、綺麗！』

司会の女子アナが、わざとらしいほど大きな声を上げる。

『これって、今大評判のネイルですよね？　海外のセレブの間でも大流行してるって噂の』

『えー、そうですか？　私は偶然、プライベートで行った旅行先で見つけただけなんですけど』

「んなわけないじゃん！」

あたしはマフィンを口に押し込みつつ、もごもごとつぶやいた。女子アナもその気持ちは一緒だったようで、少しむっとしたような表情で首を傾げる。

『偶然見つけるなんて、さすがお洒落の達人は違いますね！　私の聞くところによると、予約は二年先まで一杯だそうですから、もうふらりと立ち寄ってできる人はいなくなりそうですよ』

『じゃあ私、ホントに運が良かったんですねえ。だって、流行《はや》ってるとか全然知らなかったんですよ？　ただ、綺麗だなって思ったからふらりと立ち寄っただけで』

上品な声で笑う女性タレントは、あくまで自分のスタンスを崩そうとはしなかった。けど、今どきそんな台詞を信じる女なんていない。だって今は皆、それが欲しくて情報収集に余念がないから。

女性タレントが指先に着けているのは、流行とテクノロジー、双方の最先端をゆく「カレイドスコープ」と呼ばれるつけ爪だ。これは極小で極薄の液晶画面をネイルとして貼り付けるという画期的なファッションで、指を動かすときらきら光るのは、彼女がそういうプログラムを選んでいるから。

簡単に言っちゃうと、小さなモニターを爪に着けてる感じ。だから持ち主のプログラム次第で、色も模様も自由自在に変えることができる。服の布地をスキャナーで取り込めば共布のようにしてお揃いにすることもできるし、流れる水や瞬《またた》くネオンを再現することだってできる。さらにオプションで熱や振動を感知する機能をプラスすれば、指先にふっと息を吹きかけるだけで、愛のメッセージを浮かび上がらせたりすることだってできるのだ。

画面のプログラムは基本的にパソコンで行うんだけど、手元の操作は極小のチップを内蔵したジュエリーで充分らしい。小さなピアスやリングに手をかざすだけで、ネイルは鮮やかに色を変える。

（……こんなネイルを欲しがらない女の子なんて、地球上に存在しないって！）

当初は使い捨てではないネームカードや、看護師のための情報端末として開発された画面だったらしいけど、それをファッションに利用したのが新しかった。画面つきのバッグやサングラスなんてものは今までもあったけど、それらは所詮《しょせん》携帯電話の域を超えなかったし。

『それに「カレイドスコープ」って、一つのネイルでいくらでもバリエーションがあるから、エコなんですよお』

海外セレブの言葉をそのまんま引用してるくせに、女性タレントは得意げに爪をかざす。「エコロジー」って言えばなんでも通ると思ってるんだろうな。実際、このネイルが年齢を問わず評判がいいのってそのあたりが理由だろうけど。

けど正直、あたしはエコなんてどうだっていい。可愛くて綺麗。それだけでこのネイルの価値は充分すぎるくらいあると思うから。

「それ、いいよねえ」

会社の旧式パソコンでカレイドスコープを検索していると、同僚のランチ友達が背後から声をかけてきた。

「マジ欲しいよ。でも到底無理って感じ」

カレイドスコープは、そのテクノロジーに比例してお値段の方も相当なものだ。車、それも高級車一台分くらいと言えばいいだろうか。ブランドもののバッグを一つ我慢したからといって、おいそれと手に入る金額ではない。

しかも中身のソフトによっては、各国のファッションデザイナーやテキスタイルデザイナー、それに芸術家が手がけたものまである。

「高いもんねえ」

振り返って答えると、なぜだか彼女は余裕の微笑みを浮かべている。

「なに。なんかいいことでもあった？」

たずねると、無言で手を差し出してきた。するとその指先が、ひらりと色を変える。

「ちょっと、これどうしたの⁉」

彼女の給料はあたしと同じ。つまりカレイドスコープなんて買えっこないはず。あたしは思わず、彼女の手をつかんでいた。しかし、よく見るとおかしなことに気がついた。彼女の爪は、つけ爪じゃない。

「いいでしょ？」

「ていうかこれ、どういうこと？　カレイドスコープじゃないの？」

あたしがたずねると、彼女はにやにや笑って指を天井に向ける。すると今度はハートの柄が星に変わった。

「カレイドスコープもどき、見つけちゃったんだ。しかも値段は格安」

そう言って彼女はパンフレットを取り出す。

「まあ、本物じゃないから機能的にはイマイチだけど、それなりに可愛くて使えるよ」

「いいよ、すごく」

あたしは彼女の指先をじっと見つめる。確かにカラーパターンは少ないけど、柄がちゃんと変わるのがいい。

「でもこれ、つけ爪じゃないよね」

「うん。タトゥーみたいな感じ。でも爪だから全然痛くないよ」

ああ、爪の入れ墨なら聞いたことがある。確かに神経のない部分だし、消したかったら伸びるのを待って切ればいいと思うと気が楽かも。

「興味ありそうだったから、どうかなと思って。あとね、これはここだけの話なんだけど……」

「なになに」

声を潜めた彼女は、あたしにだめ押しの呪文をかけた。

「エステ効果っていうのかな、これやるとちょっと肌が綺麗になるみたいよ？」

「ウソ！」

思わず大きな声を上げてしまったあたしは、上司のいる方向をちらりとうかがう。うん、大丈夫だ。気づかれてない。

しかし言われてみると確かに、彼女は以前よりも肌が白くなったように思えた。透明感というか、美白というか、ファンデーションではどうにもならないベースの部分が綺麗になったような感じがする。

「一応、紹介だと安くなるみたいだよ」

可愛くてエステ効果があって五万ちょっと。あたしは心の中で、口座の残高を確認してみた。

「ありがと。多分行くと思う」

パンフレットを見ると、店の場所は会社からそう遠くない。これなら今日の帰りにでも立ち寄れそうだ。

（あやしげだったらどうしよう……）

やっぱり彼女と一緒に来れば良かったのかも。不安な気持ちと地図を片手にたどり着いたその店は、予想に反してごく普通の事務所だった。繁華街の外れにある雑居ビルの一階。通りに面したガラス張りのオフィスは、小ぎれいすぎて逆に勘ぐりたくなるほどだ。

(こういう所って、よく健康食品とか布団とか売りつけて姿をくらます事務所っぽいよね……)

いっそ打ちっ放しのコンクリとロックな感じの内装だったら、タトゥーショップらしくて納得できたのに。

(大丈夫。ピアスやタトゥーだって流行りはじめの頃は怪しい店にしか見えなかったじゃない。それが市民権を得たとたん、保健所推奨みたいなサロンができたりしたんだし)

店の雰囲気と技術は必ずしもイコールじゃない。そう自分を励ましながら、ガラスのドアに手をかける。けれど目の高さが磨りガラスになっていて中が見えないせいで、またもや不安な気持ちが高まってしまう。

(でも、他にこんなとこなかったし……)

あの後、どんなにネットで検索しても彼女のようなネイルを販売している店は出てこなかった。「カレイドスコープっぽい」と謳《うた》っていても、結局はただの偏光シールを高額で売りつけているようなものがほとんどだったのだ。

とにかく見るだけならタダだし。そんな気合いを込めて、あたしはドアを開いた。

「いらっしゃいませ」

入ってすぐのところにあるカウンターっぽいデスクから、人が立ち上がった。スーツ姿の男の人だった。

「初めての方ですか？」

きちんとはしてるけど、なんだかお洒落の店には思えない。もしや宗教がらみだったらどうしよう？　あたしの不信感は、ますます高まった。

「あの、友人にカレイドスコープみたいなネイルがあるって聞いてきたんですけど……」

「ああ、万華鏡《まんげきょう》のことですね」

「万華鏡……」

（カレイドスコープをそのまんま和訳しただけじゃない！）

このネーミングセンスじゃ、期待はできそうにないかも。たとえば効果が三日間しか持たないとか、一日で色が褪《あ》せるとか。

「少しお待ち下さい」

そう言って彼は、奥の扉を開けて声をかける。

「ドクター、お客様です。万華鏡の」

ドクター？　思わず首を傾げる。

（あ、でも彫り物だから資格がいるのかな？）

針を使うなら、そんなこともあるか。ピアスだって、お医者さんでやってもらうことをすすめてたしね。そう考えると、この店が少しばかり安心できる所のような気がしてきた。

「どうぞ奥へ」

彼にうながされるまま、あたしは奥の部屋へと進んだ。するとそこには文字通り白衣を着た女性が座っている。

「ご紹介でいらっしゃったんですか？」

「あ、はい……」

「じゃあさっそく、始めましょうか」

あたしがうなずく間もなく、女の人はあたしの手を取って指先を消毒液に漬けた。

「ちょ、ちょっと待って下さい」

いきなり医療行為を施されるなんて、怖すぎる。そう思ったあたしは、慌てて手を引っ込めた。

「あら。お知り合いの方から説明を受けていらっしゃらなかったんですか？」

意外そうな表情で、女の人は首を傾げる。

「はい。あの、今日はちょっと見るだけのつもりで……」

「そうなんですか。それは失礼しました。なにしろ今、この万華鏡は人気で今日みたいに時間が空いていることが本当に珍しいものですから」

彼女がそう言い終わらないうちに、ドアがノックされた。

「ドクター、また口コミの方が見えてます」

「わかりました」

女医さんは軽くうなずくと、あたしの方に向き直った。

「本当に忙しいんですね」

「ええ。なので手短に説明させていただきます」

そうして聞いたところによると、ここはどうやらとある企業のショールーム的存在らしい。だから格安の値段と口コミで技術を提供することができるのだと。

「そのかわりといってはなんですが、お客様にはデータなどを提供していただいてます」

もちろん個人情報などではなく、使用に当たっての感想や装着後の身体データなどですが。

「あの、これって痛いんですか？」

あたしはとりあえず、一番気になっていたことを聞いてみた。

「初回、一度だけ指先に注射をします。それだけが痛みを伴います」

一度だけ。それならピアスとあまり変わらないか。ちょっとだけ、心が動いた。

「……それと爪に彫り物をするって聞いたんですけど、柄が気に入らなかったら変えることはできますか？」

「できますよ。爪が伸びてしまえば、どちらにせよ柄を彫り直す必要がありますからね」

もし気に入ったデザインがあったら、こちらに持ち込んでいただいても結構ですし。言いながら女医さんは、ちらりとドアの方を見た。

（柄は変えられる。痛いのは一度だけ。しかも五万で、超人気！）

「あのっ！」

「はい？」

「やっぱりやります！　万華鏡、お願いします！」

思わず叫んでしまったあたしを見て、女医さんは軽く微笑んだ。

「わかりました。では書類をお読みいただいて、同意書にサインをされたら、こちらの消毒液に指を浸して下さい」

消毒液に軽い麻酔が入っていたのか、注射はあまり痛くなかった。その後女医さんは姿を消し、カタログから選んでおいた柄をネイリストのような女性が爪に彫り込んでゆく。

彼女は歯医者で使うような小さなドリルで、器用に様々なパターンを描く。

「変化した場合の柄まで彫りますから、ぱっと見では何だかわからないんです」

その上から透明なベースコートを塗ると、爪の傷はすっかり見えなくなってしまう。

「光の陰影で浮かび上がりますから、安心して下さい」

じゃあ上手く入ってるか、試してみますね。そう言って女性はあたしの手元にライトを当てた。するとハートの柄がふわりと浮かび上がってくる。

「わあ、素敵！」

「角度を変えてみて下さい」

言われるがままに手を動かしてみると、今度は蝶の柄が指先で羽ばたいた。

「これも素敵。すごくいいですね！」

光によって柄や色が変わるネイル。これであたしもセレブの仲間入りだ。しかもブランドのバッグだって諦める必要がない。

（勇気出して、大正解！）

心の中でガッツポーズを決めるあたしの隣で、女性が満足気にうなずく。

「うん、すごく元気がいい。お客様にはいい子たちが入りましたね」

「いい子……？」

「ええ。だってことによれば一生のおつきあいになるわけですから、大切なことですよ」

ちょっと待って。柄はいつでも変えられるって言ってなかった？　それとももしかして、これって肌への入れ墨と同じように消えないものだって言うわけ？

「一生、って……」

恐る恐るたずねると、女性は首を傾げた。

「お客様、書類をお読みになったんですよね？」

「え、ええ……」

実は難しそうな書類だったから、ほとんど読まずにサインしたなんて言えない。

「あそこに書いてあったブライトワームって、ナノマシンっぽいですけど実は線虫を母体に作られてるんですよ」

言ってることが、これっぽっちも理解できない。でも馬鹿な女だと思われるのは癪《しやく》なので、曖昧な微笑みを浮かべた。

「だから人工的な個体ではあっても、この子たちはれっきとした生き物。ちゃんと虫としての学名だってあるんですよ？」

「……虫？」

あたしの爪の中に虫？

「ええ。私たちはその虫の習性を利用させてもらってるんですよ。学校で習いませんでしたか？　正の走光性と負の走光性って」

「それって、明るい方へ集まったりする……」

「そうです。その動きこそが万華鏡のパターン変化を操る鍵なんです」

てことは何？　あたし、虫を体の中に入れられたの？　ショックのあまり呆然とするあたしに向かって、女性は説明を続ける。

「細い溝を彫って、ハートならハートの形に統一した誘因物質を塗る。それと光が合わさることによって体内のワームが移動し、柄が現れるんですよ。だから元気のいい子たちであるに越したことはないんです」

「あたしの体に害は……」

「あ、ご安心下さい。ワームは寄生した宿主《やどぬし》にほとんど影響を及ぼしません」

寄生？　つまりこれって寄生虫!?

「ただ、この子たちだって少しは栄養をわけてもらわないと生きていけません。だから少しばかり血をいただくことになります」

貧血を防ぐためにも、朝ご飯はきちんと食べて下さいね。その方が健康にもいいし。そう言って女性は笑った。そうか。色白だと思ったのは、ただの貧血だったのか。確かあの子、ダイエットもしてるって言ってたからそのせいで。

自分の身に起こった事実を受け入れたくなくて、あたしは頭の隅でどうでもいいことばかりを考える。ビキニ、着たいって言ってたもんねえ。ていうかあたしも着たいけど、どうかな。これで痩せるのかな。虫ダイエット？　あり得ないって‼

「ちなみに一生、っていうのは微妙なところなんですけど」

女性の言葉に、あたしはぴくりと反応した。

「この虫、いつか死ぬんですか？　それとも駆除することができるとか？」

「ナノマシン化されてますから、あの子たちは世代交代を自動で行いながらほぼ永遠に生き続けます。でも、駆除剤は研究されてますよ」

絶望と希望。ねえ、どっちを見つめるべきかな？

「研究されてるってことは、まだ完成はしてないんですか？」

「ええ。あの子たちはもともと、家畜の人道的な焼き印代わりや服役囚のナンバリングのために開発された生き物なんです。だから今までは、駆除の必要がなかったんです」

家畜に服役囚。もとを辿《たど》ればピアスやタトゥーだって似たような用途があるけど、それにしてもひどすぎる。

「けれどいざこの子たちを一般に商品化するとなると、駆除できないシステムは困るだろうって意見が出てきてるんです」

「それはそうですよ！　今どきタトゥーだって、レーザーで消せるんですから」

あたしが勢い込んで言うと、虫が好きらしい女性はしゅんとうなだれてしまった。

「……そうですよねえ。後戻りできないお洒落は、やっぱり嫌ですよねえ」

じゃなくて、純粋に虫が嫌なんだけど。そうつぶやくあたしの前に、女性は袖をめくって腕を出した。するとその肌の上に、もやもやと集まり始めるものがいる。

「走光性を利用したタトゥーです。私は個人的にこの子たちが、すごーく気に入ってるんですけど」

皮膚の下でうごめく線虫が、やがて彼女の腕に大輪の薔薇《ばら》を描いた。何千、何万という数の虫が薄皮一枚の下を這《は》い回っていると思うと、背筋がざわざわしてきてもう耐えられない。

「利用して下さる方がもっと増えれば、開発費が増えて駆除剤も早く完成させられると思うんですけどね……」

彼女のその言葉を聞くやいなや、あたしは立ち上がり、店先に置かれたラックからパンフレットを束ごとむしり取ると、猛然と駆け出した。

ねえそこのあなた。すっごくステキなファッションネイルが、今なら格安でできるんだけど、どう?

肉を拾う

町から遠く離れた場所に、その施設はあった。のっぺりとした大きな立方体に、電流のながれる網が張り巡らされた広い敷地。会社名だけが書かれた表札からは、その施設の内容を推し量ることはできない。実際、数少ない近隣の住民からもただ「工場」とだけ呼ばれている。

そんな施設で働く男がいた。男は毎日自転車で三十分ほどかけて施設に通ってくる。そして雑草のはびこる敷地に自転車を停めると、中に入りタイムカードを押す。人気《ひとけ》のないロッカールームでつなぎの作業着に着替え、送風室で軽く滅菌されたあと控え室で待機する。身支度が整ってしまうと煙草も吸うことができないので、男はいつもここで手持ちぶさたな時間を過ごすことになる。

入ってきた扉の向かい側には、もう一つ扉があった。送風室より頑丈な造りで、空気も通らないほどきちんと密閉されている。

しかしその密閉された扉の向こうから、聞こえてくる音があった。

「ほらほら逃げないとやられちまうぞ、うらああーっ!!」

何かを追いかけるような激しい足音と、恐ろしい怒号。控え室でぼんやりと座っていた男は、軽く身をすくませて隣の部屋へと続く扉を見つめた。

「食われてもいいのか⁉　死にたいのか⁉」

さらに物騒な台詞《せりふ》と共に、不吉なモーター音が響きはじめた。チェーンソーと思《おぼ》しきその唸《うな》りは、激しい振動をこちらの部屋にまで伝えている。それに怯《おび》えたのか、追い立てられていた相手が狂ったように暴れだす気配が感じられた。

「死にやがれ、こん畜生‼」

耳を塞《ふさ》ぎたくなるような音ばかりでできたオーケストラ。椅子に腰掛けてうつむいていた男は、大きなため息をついた。

やがて恐怖の大騒ぎは、あるときを境にぴたりと静かになる。男が壁にかかった時計を見ていると、隣の部屋へと続く扉がゆっくりと開いた。

「よお」

のっそりと現れたのは、男と同じ作業着姿の人間だった。男はその人物に軽く会釈をする。しかし相手は頭部にフランケンシュタインのマスクを被っているため、表情がわからない。

「お前の番だよ」

すれ違いざまに、軽く肩を叩かれる。男は無言でうなずくと、入れ替わりに隣の部屋へと向かった。

部屋に入ると、途端に湿気が男の全身を包んだ。南国と同じ温度に保たれた室内を見渡すと、そこここに何やら動くものが横たわっている。男はそのうちの一つに近寄り、無造作に片手でつかみあげた。びくびくと断末魔の痙攣《けいれん》に震える身体の一部。男はそれを部屋の隅まで持って行き、箱形台車の中に放り込む。そしてそのまま台車を部屋の中央まで持ってくると、落ちているものを次々と拾ってはそこにおさめていった。

箱が半分ほど埋まってくると、たまに飛び出すものが出てくる。今日もやはり生きの良いものが箱から落ちて男の足にからまったが、男は無表情にそれをひきはがして箱に戻した。戻す際、男はふとその断面を見つめる。少し血が滲んでいたが、鮮やかなピンク色の肉は新鮮な証拠だ。男は納得したようにひとりうなずくと、その先端をつまんだ。薄い手袋をしていてもわかる、鱗《うろこ》の感触。

密閉された室内で、男はひとり淡々と肉を拾い続ける。恐ろしく単純で退屈な作業だが、人づきあいが苦手な男にとっては良い職場だった。ここでは上司もいなければ部下もいない。いるのは男の前に肉を落とす作業をする係と、ほとんど顔を合わせることのない事務員ぐらいだ。男は毎日、ひとりで肉を拾う。

時間が経つにつれ腕と腰の筋肉が痛みだしたが、同時に相手の動きはおさまってくるため拾いやすい。しかしこの筋肉はいつ死を迎えているのだろうか。身体から切り離されたときか、それとも動きがなくなったときなのか。そして感覚はあるのか。痛みは。男は血と脂でぬるぬる滑る肉を見つめながら、考える。しかし答を突き詰めることはせず、考えることをやめた。

やがて男はすべての肉を拾い上げ、台車を部屋の隅まで押していった。頑丈な鉄のかんぬきを外し、重たい扉を開くと中にはダストシュートのような滑り台がついている。肉が山盛りになった台車の前輪を、男はその入り口に乗せた。そして左右にうがたれた溝に台車の縁を合わせると、あとは力任せに両手で台車を押し込んだ。がらがらがら。深い闇の淵へ、車は派手な音を立てながら勝手に下ってゆく。男はその音を最後まで聞くことなく、扉を閉めて再びかんぬきをかけた。

男が拾い上げたものはこの後、加工部にまわされる。同じ施設の反対側にあるその部屋で肉塊は皮を剝《は》がれ、骨を抜かれてフィレ状に形成され、最終的には『リザードミート』というシールを貼られて食品会社やスーパーマーケットなどに運ばれてゆくことになっている。

密閉された部屋を出ると、帰りはまず服の上から消毒薬のシャワーを浴びさせられた。そして乾燥室に入って一番上の作業着を業務用の洗濯カゴに放り込むと、ようやく普通のロッカールームに戻ってくることができた。

「お疲れ」

ロッカールームには珍しく先客がいて、男に向かって軽く手を上げる。

「ああ、どうも」

男は目を合わせずに、適当に会釈を返した。初対面の人間と話すのは苦手だ。なのに相手の男は、かまわず話しかけてくる。

「あんた、拾う係の人だよな」

「そうだけど」

「正直、拾うのってどう？　飽きたりしねえ？」

「別に……飽きないけど」

早く会話を打ち切ってしまいたい。勢いよく汗まみれのTシャツを脱ぎながら、男はふと違和感を覚える。

「そうかー、飽きないのかー」

やけに親しげな態度だと思い相手を振り返ると、そこには大学生くらいの歳に見える青年がいた。Tシャツとワークパンツ、それにブーツを身につけた青年は、もう帰り支度はできているというのに何故かロッカールームのベンチに座って男の方を見ている。

「飽きないのっていいよなあ」

「どうして」

「新鮮でいられるから」

この仕事に新鮮さを求めてる奴がいるとは思わなかった。男がぼそぼそとつぶやくと、青年は声をあげて笑う。

「違う違う。新鮮でいてほしいのは、俺の感覚じゃなくてあいつらの方」

青年の乾いた笑い声を聞いていて、男は不意に気づいた。自分はこの声を、知っている。

「俺さあ、劇団に入ってんだ。それで演技のバリエーションの研究になるかと思ってこのバイトはじめたんだけど、最近自信がなくなってきたんだよね」

「落とし係か、あんた」

男の質問に青年は軽くうなずく。そうか。扉の向こうから聞こえてくる雄叫《おたけ》びの主はこいつか。

「どれくらいやってる」

「ここが初めてだから、正味一カ月ってとこかな」

なるほど。確かに群れがちょうど一回りする頃だ。男は青年のスランプを理解した。

男たちがいるこの工場では、食用に品種改良を重ねた大型のトカゲを飼育している。しかし成体をそのまま食用に解体するわけではなく、自切《じせつ》と呼ばれるトカゲ特有の行動を利用して肉を調達しているのだ。それは俗に「トカゲの尻尾《しっぽ》切り」と呼ばれる行動で、生命の危険を感じたトカゲが自ら尾を落として逃げることを指す。

「何回かやってるとさ、あいつらも俺に慣れるっていうか、飽きるんだよなあ。だから毎回違うマスク被ってみたりするんだけど、どうしたって野生の勘で同じ人間だって見破られてる気がするんだよな」

つまり青年はこの業界で言うところの「脅かし屋」で、トカゲに生命の危険を感じさせて自切をうながす役割を担っているのだ。

「ここでは三十の群れをローテーションで回してるから、あんたはそろそろ三回目になる」

「そういうこと。さすがに三回目にもなると、だまされないやつが増えてきて時間がかかるったらないよ」

この自切を利用した飼育形態は、家畜を殺さずに肉を得る画期的かつ人道的な手段として開発された。その上爬虫類であるトカゲはうるさく鳴くこともないので、紫外線を発する蛍光灯さえあれば大抵の地域で飼育が可能になる。しかもトカゲの肉は鶏肉によく似ており、食味もいいということで今や外食産業では引っ張りだこの食材となっている。

「トカゲをわっと脅かして尻尾を落とさせるなんてさ、楽勝だと思ってたのになあ」

しかし画期的な手段とて、問題点がないわけではない。まず大きなトカゲという生物に対する住民の反応。どんなに説明をしても生理的に不快だという意見は後を絶たないし、自分の家の近所にはあって欲しくないと願う声も多い。けれどそんな声を上げている人間のほとんどが、「白身のフライ」や「白身の照り焼き」といった名前で知らぬうちにトカゲの肉を口にしているのだが。

「相手も生きてるんだ。学習することだってある」

「そうなんだけどさ」

そしてもう一つの問題点が、この自切をうながすシステムだった。本来、トカゲの尾を形成している尾椎骨《びついこつ》の関節はどの部分からもポロリと取れる仕組みになっている。しかしトカゲ自身が危機を感じないと自切は起こりにくい。

「ときどき、ぶった切った方が早いんじゃないかと思うよ」

「やったら確実にクビだ」

「わかってるって」

自切なら同時に残った側の筋肉組織が収縮して血を止めるため、思ったよりも血は流れないが、それを無理に切り落としたりしたら個体へのダメージが大きい。

「ただでさえ、回数は限られてるんだ」

男の言葉に、青年は憂鬱そうな表情でうなずく。トカゲの生態をよく知らない人間などは、このシステムのことを半永久的に肉が調達できる夢の工場だと誤解していることも多いが、実際に一匹のトカゲが尾を落とすのは自然界なら一生で三回程度。品種改良されたトカゲでも十回いけばいい方だ。

「俺だって手抜きをしたいわけじゃないって。ただ、こっちがしゃかりきで頑張ってるのに驚かれないと、なんていうかこう、空しいんだよなあ」

男はふと、青年の前任者だったプロの脅かし屋のことを思い出す。確かそいつも、最初の壁はひと月めにやってくると言っていた。そしてその壁はこの仕事を続ける限り、絶え間なく襲ってくるものだとも。

「……やり方を変えてみたらどうだろう」

男の言葉に、青年は激しく反応した。

「変えてるよ！　顔も変えたし、動きだって背の高さだって変えた。靴だって変えたし、服は毎度違う色にしてる」

いきなりまくしたてられて、男は軽く動揺する。しかし青年の拳が握りしめられたまま震えているのを見て、もう一度前任者のことを思い出そうと努力した。

「トカゲは、確か聴覚と嗅覚がポイントだった気がする」

「俺だって声色《こわいろ》くらい、変えてるけど」

なるほど。男は前任者の使っていた道具を思い出す。拡声器やボイスチェンジャーは同様の効果だとして、あとは何だろう。

「やはり、嗅覚か」

「だから俺、ちゃんと服は変えてるって」

「そうじゃない」

前任者が持っていた道具の中でずっと不思議だったもの。小分けにされたパックに入った白い粉や青い粉。男はその使い道に今気づいた。

「多分、洗剤だ。汗臭いとか香水を変えるとか、そういう表面的なことじゃない。洗剤を変えるんだ」

「はあ？」

「つまり方程式なんだ。お前の体臭プラスいつも使っている洗剤の香り。これが通常のお前の匂いとしてあいつらには記憶されてる。そしてお前はその基本の上から何かをプラスするだけだから、簡単な引き算で答がわかる」

「ああ、そういうことか」

青年は考え込むようにうつむいたあと、つと顔を上げる。

「じゃあさ、入浴剤とかもありかな？　違う洗剤で洗った服と、入浴剤で匂いが変わった俺の組み合わせだったら、ちょっとは複雑な計算になるとか」

「おそらくは」

思い返せば、あの粉の中のいくつかはかなりの確率で入浴剤だったのだろうと男は納得した。

「そっか。それならまだまだいけそうだ」

明るい表情になった青年は、男に向かって仏教徒のように手を合わせる。

「ありがとな」

んじゃまた明日。そう言いながら立ち上がった青年を、男は手を振って見送った。いつかあの青年もプロの脅かし屋になるのだろうか。それとも無事にアルバイトを終え、演劇の仕事に就くのだろうか。男はつかの間自分の見てきた同業者たちの顔を思い出したが、一瞬の後に考えることをやめた。

そんなことはどうでもいい。自分は明日もただ、肉を拾うだけの「拾い屋」なのだ。そして拾い屋に必要な資質は体力と、不要なことを考えずにいられること。ただそれだけなのだから。

ゴミ掃除

街を歩いていて、ふと暴力的な衝動が芽生《めば》えることがある。きっかけは特にない。ただ、それを感じた瞬間から周囲の人混みがその名の通りゴミの群れに見えてくる。

大口を開けて笑う中年女の集団に、うつむいてとぼとぼと歩く背広の男。無意味に走り回っては他人の足にぶつかる子供。そいつらがそのまま成長したような、こ汚い服装で地面に座り込む若者。そして互いの他に人類はいないかのようにいちゃつくカップル。

(こいつらが生きてても、何の得にもならないんだろうなあ)

俺はぼんやりと人の流れを見つめながら、そんなことを考える。

(いやいや。どんなに愚かな奴だって犯罪を犯してるわけじゃなし)

頭の中の天使担当部分が、すかさず物騒な思想に待ったをかけた。しかし。

(ババアの口にペットボトルをねじ込んで、そのままパンチをくらわせたらさぞかし静かになるだろうなあ)

悪魔担当部分は、勝手な暴走をやめない。

中年のおっさんは害はないが、見苦しいからとりあえず視界から消えてもらうとしよう。ま、こちら側になる気合いがあるなら、仲間に入れてやってもいいけどな。鬱陶《うっとう》しいガキはとりあえず腹にケリを入れた上で踏みつけて、しつけすらできなかった母親に投げ返してやる。あそこの小僧どもには殺虫剤とライターで火炎放射だ。地べたが大好きな虫けらには似合いだろう。カップルは二人の間に瞬間接着剤でも垂らして、一生離れられない身体《からだ》にしてやろう。キスの最中だったら、ついでに鼻をつまんで窒息させてやってもいい。

（……やっちゃうか？）

頭の中の声が囁《ささや》く。けれど俺はこれでも現実的な人間だから、無闇に人を襲ったりなんかはしない。これはただの想像でのお遊びだ。しかも頭の中でなら何人殺したって、どんなに残酷なやり方をしたって罪には問われない。不意の暴力衝動に、このお遊びは極めて有効だ。

そう。シミュレーションという観点から言っても。

想像で自分を慰めながら、俺はなんとか家に帰りついた。途中、ホームの際《きわ》で携帯のメールを一心不乱に打っている女を突き落としたり、酔ったままふらふらと走る自転車の男を車道側に押し出してやりたい衝動に駆られたが、俺は理性の力でなんとかそれを抑え込んだ。

本当はこんなとき、趣味の合う彼女がいればいいと思う。そうすればこの衝動を性に転化して、存分にハードなＳＭを楽しむことができただろう。けれど前つきあっていた彼女は、残念ながら俺の趣味についてくることができなかった。柔らかい紐《ひも》での拘束に最初は笑っていた彼女も、ひんやりとした手錠と熱々の蠟《ろう》の組み合わせには表情を変えたのだ。

「そこまで本気な人だと思わなかった」

その言葉を最後に、俺は振られた。寂しいことだが、悔いはない。性の不一致というのは、どうしたって乗り越えられないものだからだ。

ホラー映画、激辛の大食い、絶叫マシン。とりあえず気がまぎれそうなことなら何でもやってみた。格闘技のスクールはそれなりに転化できたような気がしたが、同じジムの奴から飲みに誘われた時点で魅力が半減した。

『仕事のメンバー募集中』

俺はベッドに腰かけて携帯電話の画面をスクロールする。何件か検索していく内に、目当ての物件が見つかった。

『数人で決行。車と道具は当方で用意します。現地集合』

場所はここから日帰りの圏内で、日にちは今日の夕方。俺は身支度を整えると、すぐに現地へと向かった。

待ち合わせは街道沿いにあるファミレスの窓際の席。目印はブルーのボタンダウンシャツだ。先に席についていたのは三人。大柄な男に、中肉中背の男。それに件《くだん》のシャツを着た男。

「お仕事の方ですか」

俺が声をかけると、大柄な男が振り向いた。薄く色の着いた眼鏡に、軽く剃り上げた頭が目立つ。

「そうだけど」

「俺も参加希望なんですけど、もう定員オーバーですかね」

言いながら、ざっと顔を見渡す。中肉中背の男は、海外のイラストに出てくる日本人のような細目の出っ歯。そして募集をつのった当人であるシャツの男は、小太りで奥目の色白な男だった。

「メール来てないけど」

ぼそぼそとつぶやくように話す。

「ああ、出したのがついさっきだから、自分の方が早く着いたんですよ。近所だし」

話しながら俺は、ポケットの中で送信ボタンを押す。すると、頃合いよくシャツの携帯電話が震えた。

「ほら届いた。俺のケータイ、型が古くてメール届くの遅いんですよ」

シャツは不審そうな表情で俺を見上げながらも、メールを確認してうなずく。

「座れば」

「あ、どうもです」

俺はグラサンハゲの隣に腰を下ろした。

「えっと、それでどこまで話したんだっけ」

出っ歯が仕切り直すように話題を振る。するとシャツがうつむいたまま再び口を開く。

「だから、基本は今から一斉送信するメールを見てよ。それで疑問点があったら質問して」

この場でそれらしい言葉を口にするのは、できるだけ避けたいのだろう。俺はほどなくして届いたメールにざっと目を通す。

『場所はここから二十分ほど車で行った住宅街の外れ。九時に最終バスが終わると、住民は駅から歩いて帰らなきゃならなくなる。それを捕まえて車の中に。運転はぼく。二人は両脇から挟んで、残りの一人は見張り』

なるほど。お手軽な計画だ。しかし画面はさらに下へ続いていた。

『人気のない場所の目星はつけてある。したいことは何でもしていい。ただし汚したり壊したりするのはぼくが遊んだ後にしてほしい』

来た来た来た。まさに理想の展開だ。俺はこれから起こることを想像しただけで、たまらない気分になってきた。

「あんたの、後か」

グラサンハゲがぼそりとつぶやくと、シャツは怯《おび》えたように身をすくませる。

「……仕事に使う車は自分のだし、計画立てたのは自分だし」

そう言いながら、ウインナーみたいにぷりぷりの指で素早く携帯電話を操作する。

『嫌ならここで降りてくれてかまわない。車を使う人間が一番リスクが高いんだし、何より自分はリーダーなんだから』

おいおい、女子高生かよ。シャツのメール早打ちに舌を巻きながら、俺は心の中で苦笑した。目の前のグラサンハゲにはきちんと対応できないくせに、文章の中ではすっかりリーダー気取りだ。

(メール人格の方が強いってやつか)

俺が納得した風を装ってシャツにうなずき返すと、グラサンハゲは軽く不満げな顔をしながらもそれに倣《なら》った。そして出っ歯はと言えば、皆の顔を見渡した後にゆっくりと力強くうなずいてみせる。

(力関係がすぐにでも逆転しそうなリーダー。内輪にまで攻撃的で自滅を招く力自慢。おまけにお追従《ついしょう》上手の流れ読み、か)

一歩間違えばすぐにでも空中分解を起こしそうな、不安定な面子《メンツ》。けれどそんなマイナス因子さえ、今の俺には魅力的だった。

「おれ、クルマで来たんだけど」

ファミレスの駐車場でシャツの車に乗り込もうというときに、出っ歯が言い出す。するとグラサンハゲが迷惑そうにあごをしゃくった。

「二台つながって走ったら目立つから、適当なとこに停めてこいよ。五分待つ」

「わかった」

出っ歯が車を置いてくる間、シャツは俺とグラサンハゲを見てたずねる。

「あんたらは何で来たの」

「俺はチャリ」

「車。この近くのパーキングに入れてある」

俺が自転車を車に積み込んでほしいと頼むと、シャツは嫌そうな顔をしながらも承知した。多分、獲物は座席に乗せるつもりなんだろう。出っ歯が戻ってきたところで俺たちは全員車に乗り込み、目的地へと向かった。

しばらくの間、車内は静かでエンジンの音だけが聞こえていた。けれどしびれを切らしたような出っ歯の一言で、空気が変わる。

「……あのさ、女捕まえたら何がしたい？」

つかの間、全員が己の妄想にとっぷりと浸《ひた》り込んで車内はさらに静まり返った。しかし。

「おれはさ、やりながら首を絞めてみたいんだよね。できれば最後まで」

ファミレスでは口に出来なかった暗い欲望を言葉にしたせいで、興奮の度合いが一気に高まる。

「俺はとにかく殴りたい。泣き叫ぶのをぶん殴り続けて、壊したい」

「自分は……ギチギチに縛り上げたい。鬱血して壊死《えし》するくらいに。それでやったあとに放置して帰る」

それぞれが欲望を口に出したところで、視線は自然と俺に集まった。それで、お前は？

声なき問いに俺は注意しながら答える。

「やりたいこと全部言われちゃったから、もう付け足すことはないよ。あえて言うならあんたらと組めて良かった、ってとこかな」

「……確かに、気が合う奴らで良かったたな」

グラサンハゲが低い声で笑う。そこでようやく、車内はなごやかなムードに変わった。

途中の自販機で飲み物を買う頃には、俺たちは昔からの友人のように喋り合っている。

それでも最後の一線を越えていないと感じるのは、お互い本名や個人情報などを自分から口にしようとはしないところくらいだろうか。

目的地に着くと、シャツは車を何気ない感じで歩道に寄せた。そこは地元の路駐スポットになっているような一車線の道路で、片側は雑木林になっている。昼間はおそらく、ほどよい木陰としてドライバーに重宝されているのだろう。俺たちはそのカーブのあたりに陣取り、念のため他の車をチェックして持ち主が中にいないことを確認した。

「俺、見張りに出るよ。あんたたちの方が力強そうだし」

そう言って俺は車の外に出て、カーブの入り口あたりまで歩いた。さて、お仕事の時間だ。

俺が暗がりで張っている間、何人かの女が通り過ぎた。それを咎《とが》めるようなメールがシャツから送られてきたが、俺はそれに「カーブの手前を他の車や自転車が通ったから」と返す。そしてしばらくしてから、切羽詰《せっぱつ》まった内容を送る。

『急に腹が痛くなった。大の方。見張りを代わってくれ』

それに応じるように、出っ歯がのろのろと歩いてきた。

「お前のせいで拉致《らち》る瞬間に居合わせなかったら、どうしてくれんだよ」

俺相手には居丈高な調子で、出っ歯が植え込みの陰に入り込んできた。

「悪い悪い。すぐ戻ってくるから」

俺は両手を合わせてから、雑木林の中に踏み込む。

踏み込むふりをして、そっと出っ歯の背後に回った。そしてそこからメールを送信する。すると当然出っ歯は携帯電話を取り出し、手で光を遮《さえぎ》りながらも画面をスクロールしはじめた。奴の意識が手元に集中した瞬間、俺は隠し持っていたガムテープを相手の口に貼りつける。そしてそれと同時に携帯電話をはたき落とし、さらに顔中にテープをぐるぐる巻きにする。

口と目を塞《ふさ》がれてパニックに陥った出っ歯は、めったやたらな方向に手を振り回し、暴れ回った。俺はそんな相手の足を軽くはらい、馬乗りになってから手足の自由を奪った。格闘技のジムで教わったことが、ようやく実生活で役に立つ。

「えーと、やりながら首を絞めるんだっけ」

つぶやきながら、俺は出っ歯のズボンをおろして下半身をむき出しにする。そして近くに落ちていた枝を拾い、問答無用で尻の穴にねじ込んでやった。気がふれたようにのたうち回る出っ歯は見るに堪えない醜悪さだったが、それでも俺はそのまま二つ折りにしたガムテープで首を絞めてやる。徐々に静かになってゆく出っ歯は、たまに枝を蹴り込んでやるとさらにびくびくと痙攣《けいれん》した。

完璧に動かなくなったところで、俺は出っ歯の携帯電話でメールを打つ。

『あの細っこい奴、ビビったみたいで帰りたいとか言って歩き出してる。止めるか殴って静かにさせるかしたい。手を貸してくれ』

すると案の定、グラサンハゲが現れた。茂みの中に現れたところで、俺はサイドから石で殴りつける。運のいいことに最初の一撃がこめかみに決まり、奴は腰から砕け落ちた。俺はそのまま同じように口を塞ぎ、手足を拘束する。そして奴の意識が戻りかけたところで、再び石で殴る。致命傷を与えないように何度も何度も殴っていると、やがてグラサンハゲの表情が子供のような泣き顔に変わってきた。

「お、こういう感じだよな」

俺はそのまま奴を殴り続け、最後に後頭部に石をめり込ませて仕事を終える。俺が二人をやっている間、何台もの車が通り過ぎたが、減速したものはない。さらに歩行者となると茂みを警戒して道路の向かい側を歩くので、やはり雑木林の奥まった場所を選んだのは正解だ。

やがて出っ歯とグラサンハゲの携帯電話が同時に震えだした。シャツがしびれを切らして呼んでいるんだろう。俺は適当に文を変えて、それぞれの携帯電話から『説得に成功した。とりあえず連れて戻る』と返事を送った。

車に戻り、運転席の後ろに乗り込みながら声をかける。

「マジで悪い。ちょっとビビったけど、もう大丈夫だから」

「迷惑かけないでよ、ホント。困るんだよねそういう——」

言いながらシャツが振り返った瞬間、俺はシートベルトで奴の首を絞めた。軽く意識を落としたところで今度も手足を拘束するが、結構手間がかかる。

「ギチギチに鬱血するくらい、か」

とりあえずぶよぶよの肉を限界まで締め上げてから、俺は車を移動させた。住宅地のさらに奥に進むと、今はもう使われていないようなプレハブがあり、裏手には太めの土管が積んであった。

俺はその近くに車を停め、シャツを引っぱたいて起こす。

「ギチギチの上にやってから放置、だよな」

土管の側に蹴り落とした後、出っ歯と同じように下半身を剝いて適当な枝を探す。しかし細いものばかりしか見つからなかったため、面倒だが車の中にあった懐中電灯とペットボトルを持ってきてねじ込んだ。

「これでご希望通り、と」

断続的にうめき声をあげるシャツの腕は、すでに赤黒くなってきている。最後の仕上げに奴を土管の中に蹴り込めば、終わりは近い。

俺は車から自転車を降ろし、闇に向かってゆっくりとこぎだす。

現場からそれなりに距離を稼いだ頃、俺は休憩のため自転車を降りて自分の携帯電話を開く。

『掃除完了』

携帯電話のサイトにそう書き込むと、ようやく仕事は終わる。サイトのタイトルは『お掃除依頼板』。裏サイトで計画されている犯罪の内容が、リアルタイムでアップされている掲示板だ。俺は気がむくと計画を適当に選んで、文字通りそいつらを掃除しに行く。それが俺のストレス解消法だ。俺はすっきりするし、被害者も出ないし、一石二鳥。

ちなみにそいつらが被害者にやりたかったことを、出来るだけそのまま返してやるのが俺の流儀だ。カエサルのものはカエサルに。己の欲望は己の身体に。そしてもしいつか俺の欲望が俺自身に返ってきたとしても、俺は後悔しない。だからこそ、狩られる覚悟もなく狩りに出る奴らが許せないのだ。

途中、奴らから取り上げた携帯電話を分解しながら違う場所に捨ててゆく。無論、今回のデータはすべて消してあるし、俺の手にはボンドのようなもので薄い皮膜が被《かぶ》せてある。自分の携帯電話はもちろん飛ばしで、あいつらは俺のことなんぞこれっぽっちも知らない。

ゴミ掃除は、かくも愛すべき俺の趣味である。

物件案内

駅の改札を抜けて、ふっと息をついた。さて、どうしようか。駅前を見回すと、どこにでもあるような店ばかりが目についた。チェーン店のコーヒーショップ、ファストフード、コンビニ、ファミレス。軽くうんざりしかけたところで、駅前のロータリーからのびる商店街の入り口が私の興味を引いた。

ゆっくりと歩を進めると、頭上で古式ゆかしい造花の飾りがひらひらと踊っている。立ち並ぶ個人商店はどれも年季の入った建物ばかりで、全体的に茶色が多い。けれどあたりにはお茶を焙《ほう》じるいい香りが漂い、遠くからは八百屋が客寄せをする威勢のいい声が聞こえてくる。

ここがいわゆるシャッター商店街ではないことを知って、私は安心した。都心から急行で三十分。そのあと各駅停車に乗り換えて三駅。アクセスが悪くないわりに駅周辺の家賃が安いのは、ここがあまり特色もなくお洒落でもない町だからなのかもしれない。

離婚して、家がなくなった。一人っ子だった私は幼いときに父を失い、残された母も数年前に他界したため実家という場所がない。それを知っている元夫は、今まで住んでいたマンションを譲ろうかと提案してくれたが、独り住まいには家賃が高すぎる。いつか子供が生まれたら家を買おうね。そんなことを話し合ってあの部屋を借りたのはいつだっけ。

遠すぎて、いっそ前世の記憶のような気さえする。

子供がいない。親もない。親戚はいるけれども、ほとんど没交渉。要するにこれは、天涯孤独という状態に限りなく近づいてはいまいか。考えないようにはしているものの、私は時々叫びだしそうな恐怖感に襲われる。しかも三十代半ば。もう一度結婚するにしても、失敗はできない年齢だ。

色々な意味で崖っぷちに立たされている私は、とりあえず早急に家と職を決めたかった。荷物をトランクルームに預けたままのウイークリーマンション暮らしは、貯金を無駄に消費しているようで気持ちが休まらない。

（もしこの町に住んだら、どんな暮らしになるだろうか）

商店街を眺めながら、イメージしてみる。遅く帰ってきてもコンビニがあるから困らない。街灯は明るいし、駅から離れた場所でなければ夜道もさほど恐くなさそうだ。なによりネットカフェで調べた家賃相場が、ここに住めと私に囁《ささや》いていた。

とりあえず不動産屋、と思って道を歩いているとまず有名なチェーン店が目についた。さらにもう少し歩くと、今度は個人経営らしき店が一軒。どちらもこぎれいな感じで、私はどちらに入るべきか悩んだ。チェーン店なら安心だろうけど、地元に密着している方がこの町のことを聞けそうだ。だったらまずチェーン店であたりをつけたあと、地元店で比べてみるのが妥当な線かもしれない。それぞれのウインドウに貼り出してある物件情報をメモに取ったあと、私は一軒目の不動産屋を目指した。

明るいガラスのドアを前に、つかの間逡巡《しゅんじゅん》する。できるだけ冷静でいようと思ってはいるが、実は私は自分で物件を決めたことがない。結婚前までは実家で母と二人暮らし。新居は夫が決めてくれた。

(ひとりで、うまくやれるんだろうか……)

知り合いもいない土地で、そもそも部屋が借りられるのか。生活力がないからと、どうしようもない物件ばかりあてがわれたりしないだろうか。

(そのための用意でしょ!)

私は心の中で自分に言い聞かせる。仕事がなければ部屋を借りることはできないだろうと思って、早めに派遣会社に登録し、情報を打ち込むだけの仕事は手に入れてある。さらに保証人としては没交渉気味の親戚に電話をかけ、迷惑をかけないという前提で名前を借りる約束までしていた。

そのとき、いきなり背後から肩をつかまれた。

「……えっ?」

驚いて振り向くと、そこには小柄な年配の女性がいた。

「あんた」

「はい？」

毛糸のカーディガンに、つっかけのサンダル。頭はちりちりのパーマで、年齢は五十代くらい。チェーンの不動産屋の職員には到底見えない。

「あんた、家を探してるのかい」

問答無用の圧力で、女性は私の目を見つめる。

「え、ええ、まあ……」

「だったら、ここじゃ駄目だ」

「はい？」

「ここに、あんたにぴったりの物件はないよ」

そう言って女性は私の肩をつかんだまま、くるりと方向転換させる。

「ついといで」

私の肩を小突くようにして離すと、女性は背中を向けてすたすたと歩き出した。

「え、ちょっと……」

戸惑いながらも、なぜか私はその女性の後をついてゆく。明らかに怪しいけれど、相手は年配だからという油断もあったかもしれない。

数分後、商店街を抜けたところで女性の足はぴたりと止まった。

「入んな」

そう言って顎《あご》で示したのは、さびれた一軒の不動産屋だった。

(なんだ。要するに強引な客引きか)

他の店の前で物件を見つめている客に声をかけ、あわよくば自分の店で契約を取ろうという考えなのだろう。

(でなきゃこんなとこ、あっという間に潰れそうだもんね)

勧められた椅子のクッションはぺちゃんこ。テーブルには昭和初期から使っていそうなビニールマットが敷かれている。女性は一旦奥に姿を消したと思ったら、湯吞みとファイルを手に戻ってきた。

(まあいいか。近所の雰囲気だけでも聞いて、断れば)

私は軽い気持ちで、女性がばさりと広げたファイルを眺めた。しかし。

「あんたにはこれかこれ。でなきゃこのあたりだね」

そう言って女性がざっと示した物件は、どれもひどく安いものばかりだった。

「え、でもこれって」

安いだけならいい。けれど風呂なしは嫌だし、廊下に面した窓がある古いタイプのアパートなんてもっと嫌だ。私が絶句していると、女性は銀縁眼鏡のつるをくいっと上げて言い放つ。

「あんたの言いたいことは手に取るようにわかる。だったら、これはどうだい」

女性が三番目に開いたページには、バストイレつきでマンションタイプの物件が載っていた。

「へえ……」

駅から徒歩八分で、このお値段。事前に調べてきた相場よりもずっと安い物件を見せられ、私は思わず身を乗り出していた。

「良かったらこれから、見に行くかい」

目の前で鍵をちゃらちゃらと鳴らしながら、女性はにやりと笑う。

結果的に言うと、部屋はとても良かった。リフォーム済みのワンルームは清潔で、文句のつけようがない。戸数が少なく、こぢんまりとした印象なのも気に入った。

「契約するかい」

うっとりと室内を見渡していた私に、女性が声をかける。

「そうですね……」

物件なんて出会いもの。偶然とはいえ、ここまで良い部屋が次に見つかる保証はない。そう考えた私は、思わずうなずいていた。

「んじゃ、とりあえずここに署名して」

言われるがままに、書類にサインする。多分手付け用の書類か何かだろう。

「一応ハンコも押しといて」

持ち歩いていた印鑑を押しながら、ふと書類を見つめる。ちょっと待って。『賃貸契約書』って書いてない？

「あ、あの！」

「はい、契約完了」

女性は朱肉を乾かすように紙をひらひらと振った。

「あ。言い忘れてたけどこの部屋、入居にあたって条件があるから」

「はあ？」

「一階に大家さん夫婦が住んでるんだけどね、週に一回そこへ夕飯を作って届けること」

なにそれ。私は衝撃のあまり言葉を失った。

「あの、私仕事があるんですけど」

「仕事がある人間は夕食を食べないとでも？」

「いえ、そういうわけじゃなくて」

「だったら一週間のうちたった一食、二人分多めに作るくらいわけないことだと思うがねえ」

わけないこと。腐っても主婦だった私にとって、それは確かにわけないことではある。

「身体の不自由な大家さんにたった一回夕食を届けるだけ。それだけでこの値段、この部屋だよ?」

まあ……確かにお得な物件ではある。この値段で住むことができれば、私はあまり貯金を食いつぶすことなくいけるかもしれない。それに派遣に登録したとはいえ、この年齢では正社員としての仕事が早晩来なくなる可能性の方が高い。

(スーパーのレジ打ちでも、ここならまあかつかつでいけそうだし)

離婚したての今、濃い人間関係のマンションなんて正直うざったいと思った。けれど背に腹は代えられない。気持ちが微妙に揺らいできたところで、女性はだめ押しのように私の耳元で囁く。

「今なら、敷金礼金ゼロだよ」

私はそのままなし崩しに老夫婦の経営するマンションに越した。そして入居条件に従って、一週間に一回夕食を作っては大家さんの部屋に届けた。大家さん夫婦は実に温厚な人たちで、私が訪れるととても喜んでくれた。

「若い人がいるとなんだか華やいでいいわね」

本当は若くもない私だったが、二人の笑顔が嬉しくて何度も誘われるまま食卓を共にした。

「悪い！　明日クラブの合宿なんだ。一回だけ代わって！」

夜にそう言って扉を叩くのは、隣に住む大学生。他の入居者と曜日のローテーションを組むうち、私はいつしかここに住む人全員と仲良くなっていった。

(住めば都、とはよく言ったもんだわ)

ここに住みはじめてからはや二カ月。今では絶対にここを動きたくない、とすら思う。でもそれもこれも、あの不思議な不動産業者のおかげだ。

ある週末、商店街で久しぶりにあの女性と出会った。相変わらず毛玉の浮いたカーディガンに、サンダル履《ば》きでゆっくりと歩いている。

「あの」

声をかけると、女性は振り向いて私をじっと見つめた。

「ああ、あんたか。あそこは暮らしやすいだろう？」

「はい、とても」

答えながら、私はここしばらくどうしても気になっていたことを口に出す。

「ですけど——何故あんな物件ばかりを勧めたんです？」

安さが第一とはいえ、一癖も二癖もあるような物件。後でよく調べたら、同じようなタイプでもっと普通のワンルームだってあったのに。

すると女性は、にやりと笑って私の顔を指差す。

「人恋しい、って顔に書いてあったからさ」

「なっ、なんですか、それ！」

離婚の一件を見透かされたような気がして、私は激しく動揺した。けれど女性は動じることなく、さらりと言い放つ。

「ああ、気にすることあないよ。あたしにはその人が求めてる不動産が見えるんだから」

「……は？」

「その人を見れば、どこに住めば一番いいのかわかるんだ。たとえばあんただと、とにかく寂しいって声が聞こえてきた。一人暮らしへの不安。でもお金は使いたくない。ついでに年長者に甘えたいって声がね」

だから安い値段の中から、大家が年寄りで、できるだけ人と接するような物件を選んでやったのさ。そう言って女性は笑う。

風呂なしなら嫌でもお風呂屋さんで人と触れ合い、廊下側の窓からは人の声や気配が伝わる。さらには庇護者《ひごしゃ》を失った不安まで見抜かれていたとは。

「占い、みたいなものですか」

到底信じられる話ではないが、現に私はその結果に満足している。

「まあそんなとこだね」

言いながら女性は、前を横切る男性を顎で示した。

「たとえばあの人なんかにゃ、かっちり揃ったこぎれいなマンションでなきゃ駄目だ。できれば一括で買わせときたいね。数年後にどんとお金を失う運勢だから」

さらに若い女性を示して、

「あの子は東京に憧れてるくせに一年以内に田舎へ帰るから、値段にかかわらず都会っぽいマンションかね」

呆然としたまま、私は偶然通りかかったある人物を指差した。

「たとえばあの人なんかは、どう？」

「ああ、あれはいいね。浮き沈みの少ない、安定した運勢が見えるから一戸建てを勧めたくなる」

私はその人の横顔をじっと見つめながらうなずく。

「性格も穏やかだから、近所トラブルもないだろう。よき家庭人になるね」

駅の売店で同じガムに手を伸ばして以来、ちょっと意識しているあの男性。三十代半ば。もう失敗はしたくないけど、一人でいるつもりもない。

私は女性ににっこりと笑いかける。

「いい物件を、ありがとう」

私はもう一度、女性の言葉に従ってみようと思う。なにしろ彼女の物件案内に、間違いはないのだから。

壁

見慣れたドアの前に立ち、僕はつかの間緊張する。いつも大学帰りに図々しく上がり込んでいる、友人の部屋。引っ越しだって手伝ったから、ワンルームのどこに何があるかは熟知している。勝手知ったるなんとやらだ。

けれど、今日は友人がいない。僕は彼から託された鍵を取り出し、静かにドアを開ける。

「……お邪魔しまーす」

誰もいないのを承知の上で、声をかけながら室内に上がった。友人の部屋は男の一人暮らしにしてはきれいで、壁には映画のチラシや絵画のポストカードなどがあちこちに貼ってある。低予算でちょっとカフェっぽくなるこのテクニックは、僕もこっそり自室で真似させてもらっていた。

それにしても、別に悪いことをしているわけじゃないのに、どこか後ろめたい気分がぬぐえないのは何故だろう。僕は貴重品とAVの隠された（一緒くたにしてるのがすごい）ベッドの下をちらりと眺めて、泥棒じゃないからな、と心の中でつぶやいた。

すると突然、窓のあたりで何かが激しく動く。

「チョット！　チョットチョット！」

いきなりの大声に、心臓が跳ねた。

「ああ、わかったわかった」

自分を落ち着かせるように声を出しながら近づくと、カゴの中でインコが羽をばたつかせていた。そう。僕は友人の旅行中、鳥に餌をやる役目を仰《おお》せつかったのである。

「ええと。詳しくは机の上、って言ってたっけ」

友人の言葉通り、申し送りのメモは部屋の中央に置かれた小さなテーブルの上にあった。缶コーヒーを文鎮がわりに載せられたその紙には、餌の場所や分量、それに水の銘柄指定まであって笑った。

「なんだよ。人間には水道水出してるくせに、こいつにはミネラルウォーターって」

それでも指定通り、冷蔵庫からペットボトルを取り出してマグカップに入れる。そしてさらにそのカップを、電子レンジの「弱」で少々温めた。常温にしてやらなければ腹を壊すだろうという几帳面さ。

(理屈としてはわかるけど、過保護っぽいなあ)

チン、音がしたところでカップを取り出しておき、それが冷める間に水入れを取り出しにかかる。

「モシモシ！　モシモシモシ！」

カゴの入り口を開けて手を差し入れると、インコが興奮して激しく暴れた。

「ほら、いつも来てる僕だよ。大丈夫だって」

「モシモシ！　モシモシ！」

ここのインコは、短い言葉を何度も繰り返す癖がある。

「なんかもうちょっと喋れないのかよ」

「ソウソウ！　モシモシ！」

「コンニチハ、とかさあ」

「チョットチョット！」

構文とは言わないまでも、せめて挨拶くらい教えればいいのに。僕はインコとの会話をあきらめると、餌の用意にかかった。しかし友人が用意していた餌はまだ新しく、口が開いていない。

「えーと、ハサミはどこだっけ」

僕は台所に向かいかけて、ふと踵《きびす》を返した。確か、ここでスナック菓子を食べたとき、ハサミは手の届く場所にあったような気がする。そう思ってベッドの隣にある棚を見ると、ハサミは予想通りペンと一緒に立てられていた。

僕は片手に計量カップを持ったまま、保存用のファスナーがついた袋の上部を切り取る。そして何気なくファスナーを開けようとしたそのとき、バランスが崩れた。

「うわっ！」

斜めに傾いた餌袋から、滝のように粟《あわ》やヒエが流れ出す。慌てて持ち上げたが、時すでに遅し。床には細かい穀物が散乱してしまっていた。

「あーあ……」

横着《おうちゃく》して片手でやろうとしたせいだ。僕はまず両手ですくえるだけすくってから、帚《ほうき》か掃除機を探した。しかし掃除機はなく、あったのは使い捨ての紙を挟むモップ一つだけ。フローリングの部屋だから、普段はこれで十分なのかもしれない。けれど、ころころと転がる穀物を掃除するにはあまりにも不向きだ。

（面倒くさいなあ）

それでも放っておくわけにはいかないので、一カ所に集めてはメモ用紙ですくうという動きを繰り返す。最後にベッドの下や棚の下など、隠れた部分にモップを滑らせる。そして腰をかがめモップの柄《え》を引いたその瞬間、柄が反対側の壁を勢い良く突いてしまった。

「あっ！」

まずい、と思ったのはその妙な手応え。壁に当たってはね返されるのではなく、そのまま突き進んだような感触があったのだ。おそるおそる振り返ると柄はポスターを突き破り、壁の中へと消えている。

（最悪だー!!）

弁償、という言葉が頭をよぎる。だってここは賃貸だし、あいつが壊したってことになるし、てことは大家さんにバレたらまず間違いなく請求される。ていうか壁っていくらぐらいで修理できるんだろうか。十万単位だったらどうしよう。貯金なんてお年玉貯金くらいしかない僕に、そんな財力はない。

（だとすると、分割のローン……？）

僕は絶望的な気分で、モップの柄を引き抜き、壁のポスターに手をかけた。とにかく壁の状態を確認しておかなければと、大判の紙を剝がす。そこに現れたのは、案の定大きな穴。僕は瞬時にアルバイトの決意を固めた。そう。こんな大きな穴を修理するには、それ相応の金額が必要なはずだ。

しかし、そこではたと僕は気づいた。

（……大きな穴？）

脇に置いたモップの柄をつかみ、もう一度その場所に差し込んでみる。すると、明らかに穴の直径の方が大きい。しかも床には破片が落ちていない。ということは。

「なあんだ。あいつがやったのか」

一人でプロレスごっこでもやったのか、はたまた同じようにモップで開けたのか。友人は自分で開けた穴を塞《ふさ》ぐため、こんなポスターを貼っていたのだ。

「あーよかった」

お洒落なインテリアだと思っていたのが、実はただの穴隠しだったなんて。すっかり安心した僕は、ふといたずら心を起こして違うポスターに手をかける。だって狭いワンルームに大判のポスターが何枚もあるのって、そもそも不自然だし。

てことはさ。僕は友人の失態を思い描きつつ、隅の画鋲《がびょう》をはずした。

「はは、やっぱり」

二枚目のポスターの下には、やはりそれなりに大きな穴が開いていた。おっちょこちょいだよなあ。僕は苦笑しながら画鋲をもとに戻した。そしてふと、隣のポストカードに視線を移す。四隅をきっちりと小さなピンで留められた、風景画の絵はがき。その隣にある、雑誌の切り抜き。よく見ると、この部屋に貼ってあるものすべてが四隅を留められていた。反《そ》り返ったりするのが、嫌いなのかもしれない。あるいは位置がずれるのが許せないとか。理由は、いくらでも後からつけられた。しかし僕は、その几帳面さに何かひっかかるものを感じた。

(まさか、ね)

絵はがきに刺さったピンをそっと引き抜き、めくり上げる。そこにあるものを見た瞬間、よせばいいのに僕は次の紙に手を伸ばした。

（嘘だろ）

その紙をめくり、さらに次の紙へ。めくってもめくっても、同じものが現れる。壁に開いた大小の、数々の、穴、穴、穴。

「……なんだ、これ」

部屋中に貼られた紙類の陰すべてに、穴があるのか。いや、穴があるから紙を貼っているのか。

（でも引っ越しのとき、こんな穴はなかったはず）

確かあのとき壁はまっさらで、誰かが冗談で「ここに絵を描けよ」なんて言ってたほどきれいだった。それが何故、こんなことに。

友人が開けたのか。それとも誰か、あるいは何かに開けられたのか。僕が呆然と立ち尽くしていると、しびれを切らしたインコが声を上げる。

「チョット！　チョットチョット！」

その大声に、わけもなくびくりと震えてしまう。

「ごめんごめん。腹へったか」

言いながら、ちらりとそのくちばしを観察する。特に割れたり擦《こす》れたりしてはいない。インコにそんな力があると思ったわけではないけれど、だとするとやはり友人が開けたと考えるのが自然だ。でも、本当に何故。そしていつから。

（ポスターを貼りだしたのは、いつ頃だったろう……）

しょっちゅう訪れているのに、わからなかった。ということは、徐々に増えていったということか。突発的にではなく、日々開けられては紙で塞がれてゆく穴。片面だけに集中しているなら、隣の住人に対する行為としても考えられる。けれど穴は、全方位的に開けられている。

「穴、掘るのが趣味とか？」

そんな馬鹿な。自分のつぶやきに突っ込みを入れようとしたそのとき、インコが僕の方をくるりと振り返った。

「アナ！　アナアナアナ！」

穴、という言葉に反応したのだ。すると友人はこの部屋で「穴」という言葉を何回も使ったのだろうか。

「お前、掘るところを見てたのか？」

不毛な行為を承知の上で問いかけると、インコは思いがけなく言葉を返してきた。

「ミルナミルナ！　ミルナミルナミルナアッ！」

「見るな……？」

「コッチコッチ！　ミルナミルナミルナッ！」

「……こっちを見るな？」

インコの声は、僕に一つのイメージを植えつける。四隅まで丁寧に紙で塞がれた壁の穴。「こっちを見るな」。案外几帳面な友人の性格。突き破ったのではなく、丁寧に削り取られたような穴の縁。そして「ちょっと息抜きに旅がしたくなってさ」と僕に鍵を託したときの笑顔。

何かが、友人の心を疲れさせていたんだろう。理由はわからないけれど、彼はきっとぎりぎりのところまで来ていたに違いない。ポスターで穴を隠す理性があるうちに旅立ったのは、賢明な判断だったと思う。

（見なかったことにしておこう）

僕は引き抜いたピンをそれぞれきちんと元の穴にはめ込み、友人の部屋を後にした。もちろん、最初に破いてしまったポスターと同じものを買ってきて、同じ場所に貼っておくことも忘れずに。

数日後、友人は無事に旅行から帰ってきた。僕に「インコの世話代だよ」と言ってお土産をくれた彼は、すっかりいつもの彼に戻っているようだ。他の友人と明るく喋っている姿を見て、僕はほっと胸を撫《な》で下ろす。

（理由なんかどうだっていいさ。誰にだって、ちょっと心がぐらつくときはあるもんだし

いつか、笑い話になるときも来るだろう。そんなことを思いながらふと彼の方を見た。

その瞬間、僕は凍りついたように動けなくなる。

友人は、誰かと話しながらも教室の机に開けられた穴をじっと見つめている。そしてその口は、会話の合間にも声にならない動きをそっと繰り返していた。

『コッチヲ、ミルナ。ミルナミルナミルナミルナ』

さらに友人は何気ない顔でシャープペンを持ち上げ、その先端で穴を突きはじめた。静かに、何度も。何度も。何度も。

試写会

インターネットでウェブ上の懸賞に応募していたら、映画の試写会が当たった。

しかし映画とは言ってもリサーチがメインのものなので、タダで映画を見たあと、それについてアンケートなどを書かなければいけないらしい。面倒と言えば面倒だが、謝礼も出るという話なので行く気になった。

『というわけで、当日会場に来られる方の確認をしておりますが、お客様はいかがですか？』

当選通知のメールが来た後、主催者側から携帯電話に直接電話がかかってきた。多分、客の数を確実にしておきたいのだろう。ああいったリサーチは、兎《と》にも角《かく》にもデータが全てだ。より良い結論を出すには、分母を大きくするに越したことはない。

「私は大丈夫ですよ」

どうせ会社を辞めたばかりで暇だし。心の中で自嘲的につぶやく。

『そうですか。では参加に際していくつか注意事項というか、お聞きしておきたいことがあります』

「はあ」

それはもしかすると暴力描写や性描写に関することだろうか。とはいえ私は成人男性なので、そのどちらがあっても大丈夫なのだが。

『会場では、アンケートをもとにしたディスカッションも予定しておりますので、その際にお客様の個人情報が提示される場合があるのですが』

「それは別に住所とかじゃないんですよね」

『ええ。お名前はふせて、年齢と性別、それにざっくりとしたプロフィールを出すかもしれません』

ああ、そういうのは見たことがある。映画のパンフレットやポスターに使われる一般人の声ってやつだ。『すごい感動でした！／二十二歳・♀・ショップ店員』とかなんとか。

「いいですよ」

『ご協力ありがとうございます。では当日、会場でお待ちしております』

明るい声を残して、電話は切れた。

＊

しかし当日、試写会の会場へ向かう足取りは何とも重いものになった。妻に逃げられたのだ。

私が会社を辞めてきたと告げたその翌日、妻はまるでそれを待っていたかのように姿を消した。食卓の上に置かれた離婚届を見て青ざめたものの、最初はただの家出だと高をくくっていた。しかしクローゼットの中に掛けられた服が季節外れだったり、化粧品のボトルが空だったりしたことで事の重大さがひしひしと身に迫ってきた。最後に押し入れの中のアルバムから、妻の写真だけが剝《は》がされているのを見つけたとき、私は暗い穴を覗き込んだような気持ちになった。

おそらく、ずっと前から準備されていたことなのだ。私に気づかれないように貴重品を運び出し、見せかけの品だけ残して妻は機会をうかがっていた。確かに私は、良き夫ではなかったかもしれない。しかし稼ぎはきちんと家に入れていたし、浮気をした覚えもない。なのにこの仕打ちはなんだ。

「痛っ」

考え事をしながら歩いていたら、人にぶつかってしまった。横を見ると、女子高生が眉《み》間《けん》に皺《しわ》を寄せている。片手に携帯電話を持っているところを見ると、歩きながらメールでも打っていたんだろう。まったく今どきの若いものはだらだらしていてしょうがない。

気晴らしに煙草に火をつけ、深く吸い込んだ。会場は禁煙の可能性があるから、今のうちに吸っておかねば。一本目を吸い終えたあたりで、コーヒーショップが目についた。まだ時間はある。どうせならゆっくり吸って行くか。

「でねえ、うちの主人ったらひどいのよう」

パン屋に併設されたコーヒーショップは、主婦の巣窟《そうくつ》だった。店内にはお喋りが反響したわーんという音が満ち、席はほとんど埋まっていた。それに気づいたときにはもう会計を済ませてしまっていたので、私は気の進まないまま空いた席を探す。しかしかろうじて見つけた場所は、隣にベビーカーを置いた親子連れがいて、赤ん坊の泣き声が耳を塞《ふさ》ぎたくなるほどうるさい。最近の親は、子供が泣いたら一旦店を出るという最低限の礼儀も知らないと見えてうんざりする。

私はコーヒーと煙草をせわしなく片付け、ほうほうの体《てい》で店を出た。こんなことなら道ばたで缶コーヒーでも買えばよかった。そんなことを思いながら歩いていると、会場のビルが見えてきた。今風の、ガラスが多用されたお洒落な外壁。くたびれたおやじが足を踏み入れるには、一瞬躊躇《ちゅうちょ》してしまうような感じだ。しかしこちらは正式に招待された立場だと思い直し、エレベーターで十三階のボタンを押す。

「あ、待って」

扉が閉まる前に駆け込んできたのは、中年の女性だった。私が「開」のボタンを押してやると、会釈をしながら笑いかけてくる。

「あなたも試写会？」

汗をかいているのか、むっと立ち上る化粧の匂い。

「ええ」

あまり口をききたくなくて言葉少なに答えると、もう一人こちらに向かって駆けてくる人物が見えた。すると、ドア口に立っていた女性が無造作に「閉」のボタンを押す。

「まだ遠いから、待ってるのは時間の無駄よ。そのかわり私たちが降りるときに一階のボタンを押してあげればいいでしょ？」

「そうですね」

とはいえそんなに遠くには見えなかったが。私は言葉を呑み込んで、黙り込む。そして案の定、女性は目指す階に着いてもエレベーターの操作パネルに触れることなく降りていった。ああいった中年女性の自己中心ぶりはあまりに露骨で、見ていて嫌になる。

＊

試写会は変わったスタイルで行われた。まず客は一人ずつ壁で仕切られたブースに入り、専用のモニターで何本かの短編映画を見る。そしてその場でアンケートに回答を書き込んだあと、別室に数人ずつ集められてディスカッションをするというのだ。

私が見せられたのは三十分ほどの映画が三本。地味な実録フィルム風で、正直見ていて面白いものではなかった。それぞれ一人の人物の行動を追った内容で、一本目が女、二本目が男だった。

女は二十代くらいで、やけに高いヒールのブーツを履いている。足下をふらふらさせながら歩き、たまに通行人にぶつかっているが謝りもしない。メイクも髪形も派手で、手にしているバッグは不似合いな高級ブランドのものだった。途中、女は前を歩く男性が落とした書類を拾い、小走りに追いかけて手渡していた。

これは一体どういった目的の映像なのだろう？　見終わった後のアンケートを前に、私は首をひねる。用紙には『大変そう思う・まあそう思う・特に何も思わない・あまりそう思わない・全くそう思わない』という変わった五段階評価のチェックボックスと共に質問が並んでいる。

『この人物が好きですか』

悪い人間ではないが、好きではない。私は『あまりそう思わない』にチェックを入れた。

『この人物は許せますか』

人にぶつかっていたのはマイナスだが、書類を拾ったので帳消しか。

『この人物はこれから期待できますか』

とりあえず若いから『まあそう思う』だろう。

二本目の男は、年寄りだった。古いけれどもこざっぱりとした衣類に身を包み、かくしゃくとした足取りで歩いている。途中、本屋に立ち寄り文庫本を買い、そこでおつりを間違えた店員に大声で文句を言っていた。いかにも昔ながらの頑固親父といった風情で、悪くない。私の感想は『好きだ・許せる・期待できる』だ。

見ていると、これはドキュメンタリー風の現代人間図鑑ではないだろうかという気がしてきた。きっとこのアンケート回答をもとに、結末が決められるに違いない。後で行うというディスカッションも、人間の見方を様々な立場の人が語り合うというものなのだろう。

しかし三本目が始まった瞬間、私は不思議な気分に襲われた。画面に現れたのは、化粧の濃い中年女性。せかせかと歩き、電車の中では年寄りを押しのけて腰を下ろし、見苦しいことこの上ない。しかしやがて女性は見覚えのあるビルに近づいてきて、扉が開いているエレベーター向けて走り出す。そしてその後ろの人物をちらりと振り返った後、扉を閉めた。

「まだ遠いから、待ってるのは時間の無駄よ。そのかわり私たちが降りるときに一階のボタンを押してあげればいいでしょ?」

そして最後に、女性は何もせずエレベーターを降りた。その隣を歩く中年男性は、困ったような表情で女性を見ている。

いつ、撮った。私は画面が暗くなった後も、呆然と椅子に座っていた。これでは、まるで盗撮だ。不快な気持ちがわき上がるものの、しばらくすると違う考えが浮かんできた。

彼女は役者で、ラストシーンに自分が組み込まれることがこの映画のモニター条件だとしたら？

それなら一人一人が隔離されたブースで見ているのも理解できる。なるほど、面白い試みだ。そして彼女が役者なら遠慮なく、とばかりに私は『嫌い・許せない・期待できない』と書き込んだ。この役は不快感をあおるような女性なのだからしょうがない。

＊

それにしても不思議な映画だった。アンケートの後、案内されるまま別室に入るとそこにはすでに五人ほど集まっていた。室内には円形に椅子が置かれ、このままハンカチ落としのゲームができそうな感じになっている。

「お客様で最後ですので、どうぞそこのお席へ」

部屋の奥まった場所を示され、私は先客に軽く会釈《えしやく》しながら進んだ。しかし何故か、皆一様に押し黙りむっとした表情をしている。彼らは私よりも不快な映像でも見せられたのだろうか?

「ではディスカッションを始めます。忌憚《きたん》のないご意見をお聞かせ下さい」

スタッフらしき男が私の近くに立ち、司会進行を行う。ここは司会の側で多少居心地が悪いが、しょうがない。

「ではまず、『この人物が好きですか』ですが」

すると司会が言い終わらないうちに、若い娘が手を挙げた。

「大嫌いです! 今もムカムカしてます」

何だこの娘。まだ誰についても語るかさえ説明されていないのに、頭がおかしいんじゃないのか。私がちらりとそちらを見ると、娘はいきなり私を指差した。

「ほらその目! 理由もなく人を見下してるような目!」

「はあ?」

私は思わず後ろを振り返った。しかしそこには誰もおらず、つまりは私が意味もなく責められているというわけだ。

「君、何か思い違いをしているようだけど」

私がやんわりと諭《さと》すと、娘は気持ち悪そうにこちらを見る。

「してないわよ」

「でも私は、見ず知らずの君に罵倒される覚えはないんだが」

「……そう。じゃあ、見せてもらうといいわ」

そう言うと、娘は司会の男に合図をした。すると部屋の照明が一段暗くなり、私の背後の白い壁に映像が映し出された。

「これは……」

私はつかの間言葉を失った。なぜならそこにいたのは、今日ここに来るまでの私だったからだ。私は女子高生とぶつかり、パン屋に入り、あの中年女性と会ってこの会場に入った。

「これは、明らかに盗撮じゃないか！」

いつからカメラがついていたのか、そう考えて私はぞっとした。あのアンケートに当選してから？　それとも参加を決定した電話の後からだろうか。どちらにせよ、肖像権の侵害であることには間違いがない。

「一体君たちは何を考えているんだ⁉　訴えてやる！」

私は立ち上がり、部屋を出て行こうとした。しかし私の肩は司会の男に両手で押さえつけられ、身動きができない。

「なんだお前？　放せ！　放さないとどうなっても知らないぞ！」

暴れていると、不意に両肩が激痛に襲われた。私は悲鳴を上げたが、こんな異常事態を目前にして室内の誰も動き出そうとしない。

「お客様、ご説明いたしますのでお静かに願います」

男は、私の肩を万力《まんりき》のような力で摑《つか》みながら静かに言った。

「これは、お客様にとって最後のチャンスなのです」

「何だと？」

「お客様は先ほど見ていただいた映像のアンケート結果で、見た方全員が『嫌い・許せない・期待できない』と書かれました」

ということは、私があの三人を見たように他の人間は私を見ていたということか。

「しかし、私は許せないようなことなどしていない！」

ごく普通に歩き、コーヒーを飲み、この場所に来ただけだ。私がそう訴えると、その場にいる全員がため息をもらし、憐れみのこもった眼差《まなざ》しで私を見つめた。

「その自覚のなさが、サイアクなんだっつーの」

髪を染めた若い男が、吐き捨てるように言った。

「……何？」

「わからないなら、教えてあげた方がいいでしょう」

若い男の隣にいる、私と同じくらいの年の男が映像を指差す。

「あなたはまず、自分からあのお嬢さんにぶつかっています。なのにあなたは謝りもせず、あまつさえ相手の方が悪いと言わんばかりの表情で去っていった」

「でもあれは、あの娘が携帯で電話かメールをしていて前を見ていなかったから」

「違います。映像をよくご覧なさい。あの子はあなたとぶつかる前に携帯電話で時間を確認していただけです」

言われるがままに画面を見ると、確かに女子高生は電話を開いていない。

「それは……」

「次にあなたは、歩き煙草が禁止の区域で煙草を吸った」

画面の中の歩道がアップになり、そこには確かに「歩き煙草禁止」の文字があった。

「知らなかったんだ!」

「さらにあなたは女性と子供で一杯のカフェに入り、乳幼児の隣で煙草を吸った」

他の女性が小さく「最低」とつぶやく。

「でもあの店には灰皿があったんだ!」

「喫煙可、であったとしても許される行為ではないと思います。赤ん坊連れの客が後から隣に来たならまだしも、あなたは自分からあの席に座ったのですから」

「しかし」

「最後に、あなたがご自分でも断罪されたあの中年のご婦人。彼女がボタンを押すのをあなたは黙って見ていたし、降りるときに自分で一階のボタンを押してやることさえしなかった」

画面の中では、ほんの十分前の私がブースの中でアンケートに『嫌い・許せない・期待できない』と書き込んでいる。

「以上のことから、私たちはあなたを『これ以上見るに堪えない人間』にさせてもらいました」

「そんな！　たかがあれっぽっちのことで！」

私が叫ぶと、先刻の娘が不快さをあらわにして吐き捨てるように言った。

「ほら、やっぱりこいつにとって他人なんて所詮『これっぽっち』のことなのよ。同情の余地なんてないわね」

「違う！」

体を震わせる私の耳元で、司会の男が囁く。

「早くお認めになった方がよろしいかと」

私の肩を締め付けながら、男は慇懃《いんぎん》無礼《ぶれい》な口調で続ける。

「実は映像に記録されたお客様方は、近しい方からの推薦で選ばれております。その時点でお客様の人生は、一度終わりかけているのですから」

「終わり……？」

「はい。この試写会に来ることを拒《こば》まれたら、その夜に交通事故か何かで亡くなっていたはずなので」

亡くなっていたはず？　あり得ない言葉に、背筋が総毛立つ。

「しかしながら私どもは、一元的な判断は良くないと考えています。なのである人物が『不要だ』と判断した人物が、果たして本当にそうなのか。複数名のアンケートとディスカッションによって結果を導き出そうとしているわけです」

不要？　私が？　しかもそれを依頼したのは近しい人間？

瞬間的に、妻の顔が浮かんだ。

「そしてお客様には、一回だけ釈明のチャンスが与えられます」

「助かるのか？」

「わかりません。けれど画面の中での行為に正当な理由が見つけられた場合は、推薦が取り消しになった例もございます」

それなら自信がある。なにしろ、私は殺されるようなことなど何一つ行っていないのだから。私が力強くうなずくと、司会の男は手の力を緩めた。

「ただ、そのときに真実を話していただかないと、やはり同じ結末を迎えることになりますのでお気をつけ下さい」

「わかった」

そして私は下を向いたまま、静かに告白した。

「恥を忍んで言うが、実はこの間会社を辞めて、さらに昨日妻に捨てられたばかりなんだ」

「なるほど」

同年代の男が相づちを打つ。

「それで気が動転していて、周りに目が向けられなかったんだ……」

「多少、同情の余地はありますな」

しかしあの生意気な娘は、違う意味でうなずいていた。

「そりゃ逃げたくもなるわね、あんたみたいのが相手じゃ」

「なんだと！」

私が声を荒らげると、肩の手が再び強さを増した。

「嘘をおっしゃいましたね」

どきりとした。

「会社は辞めたのではなく、辞めさせられたのでしょう。お客様のその大上段な性格が皆から疎《うと》まれて」

「そ、それは」

リストラだった。しかし妻にも周囲にもそのことを告白できず、自分から辞めたのだと言い張っていた。

「しかも奥様が逃げたのは、お客様の暴力が原因。奥様はお客様を捨てたのではなく、お客様から命からがら逃げ出したのではありませんか」

妻は、生意気な目をして私に意見する女だった。だから躾《しつけ》の意味をこめて、手をあげたことはある。けれどそれはあいつにきちんとした女になってほしいという気持ちから来るものだ。私がそう釈明すると、全員が冷たい目で私を見た。

「不要ね」

「不要だ」

そんなつぶやきが漏れる中、唯一の味方と思えた同年代の男が頭を下げる。

「申し訳ない」

「あんたまで、わかってくれないというのか」

「同情の余地があるなどと思った私が愚かでした。皆さん、お時間を取らせて申し訳ありませんでした。この男は、不要です」

「何言ってんだ、このクソ野郎！　放せ、痛えんだよ！　放せっ‼」

叫ぶ私を、全員が汚い雑巾でも見るかのような目で見ていた。男に掴まれた肩の骨はみしみしと音を立てはじめ、やがてぱきゃりと軽い音がして鎖骨が折れた。

「うわあああっ！」

そして機械のように容赦のない腕が首に回され、後はフィルムが切れたようにぷつりと終わった。

ビル業務

珍しく出先で便意を覚えて、近くのビルに駆け込んだ。入ってすぐのフロアを見回すと、レストラン街の向こうにトイレの表示が見つかった。足早に向かうと、残念なことに個室が塞《ふさ》がっている。しかもその扉の前には、二人の男が順番待ちをしていた。

待てる状態ではなかったので、私は違うフロアに望みを託した。混んでいるのは、飲食店が並ぶ階だからと考えたのだ。

エレベーターの前に立ち、横のフロアガイドを見ると商業施設が入っているのは地下から二階までらしい。三階から上は複数の会社が入っているビジネスフロアで、ということは三階のトイレもまた共用部分だと判断して私は三階に向かった。幸い今日は背広を着ているから、部外者だと怪しまれることもないだろう。

チン、と軽やかな音を立ててエレベーターの扉が開く。ちっとも軽やかな気分になれない私は、地味なオフィスの廊下をきょろきょろしながら進んだ。こういうタイプのビルでは、おおむね突き当たりの方に給湯室とトイレがセットで並んでいるものだ。

灰色のカーペットを十数メートルも歩いただろうか。不意に右側にトイレの表示が現れた。しかも中には人の気配すらない。

(助かった)

個室に入りズボンを下ろすと、ようやく人心地がついた。昨日、妻が買ってきた焼き芋を食べ過ぎたせいだろうか。他に人が来なかったので、私は普段よりも長い時間をかけて用を足した。

私は家で用を足す時、何か読むものを持ってトイレに入る癖がある。新聞が理想的なのだが、それがかなわない場合は手近なものを何でも読んでしまう。たとえば今のような場合は、壁に貼ってある『具合の悪くなった方、不審者などを見かけた場合は下のボタンを押して下さい』というプレートを読む。しかし文が短いのですぐに読み終わってしまった。間が持たないので、次に室内を観察する。洋式便器はドアに向かって座るタイプなので、まず正面を見た。ドアはありきたりなオフホワイトの板で、鍵にも特に変わった部分は見つからない。つまらないな、と思いながら左のペーパーホルダーをぼんやりと眺め、次に右の壁を見た。するとそこに、何とも言えない違和感が漂っているのに気づく。

（はて）

ぱっと見は、何の変哲もない壁だ。石を模したデザインの素材はこういったビルでよく目にするものだし、壁面に何かが取り付けられているわけでもない。

では、何故違和感を覚えたのか。

私は壁に顔を近づけ、石のような表面をしげしげと観察した。すると、その中に不自然な目地《めじ》があるのを発見する。壁の素材は一枚板ではなく、ほどよい大きさの正方形を組み合わせたタイル状になっているのだが、その継ぎ目が少しばかり濃く見える部分があるのだ。そうして出来た線を辿《たど》ると、幅一メートルほどの正方形が浮かび上がってくる。

(……もの入れか?)

省スペースのため、掃除道具入れを壁面に埋め込んでいる施設は多い。けれどそれにしては正方形というのが気にかかる。これではモップを立てて収納することは出来ないし、第一床に接していないから出し入れも不便だろう。

(ま、予備のペーパー入れってとこか)

そう結論づけてズボンを上げ、水を流そうと振り返った私は思わず手を止めた。背後の壁には幅の狭い段差があり、そこに予備のトイレットペーパーが積み上げられていたからだ。

(じゃあ、何が入っているんだろう)

水を流した後、私はふと目地に手を伸ばす。すると、指先にわずかな段差を感じた。そこへ指を入れ、力を込めるとわずかに壁面が浮き上がった。そのまま上に持ち上げると、蝶番《ちょうつがい》でもついていたのか簡単に開く。

別に何かが入っていると期待していたわけではない。ただ、おもちゃの車の扉が開くかどうか試してみるくらいの気持ちでしかなかった。なのに今、私の目の前には正方形の暗闇がぽっかりと口を開けている。
（なんだ、これは？）
ちょうど私の顔から腰のあたりにかけて開いた壁面は、もの入れではなかった。まして
や掃除道具入れでも、配電盤でもない。そこにあったのは、ただの暗黒だった。
まず感じたのは、奥の壁が見えないのはおかしいということ。いくら暗くても突き当た
りの部分くらいは見えると思っていたのに、どんなに目をこらしてみてもわからない。
次に感じたのは、風。果ての見えない暗黒から流れてきた空気が、頰の産毛《うぶげ》をそよがせ
た。
（排気口を修理するための通路なのか？）
よくハリウッド映画などで、逃げる主人公が飛び込む銀色の入り口。あれに類したもの
なのかもしれない、と私は思う。一度あの中に入ってみたい、と考えたこともあったが、
基本的に人間用の通路ではないので我慢していた。しかし、そんな私の淡い欲望を一枚の
プレートが刺激する。
『次の方のために、きちんと閉めて下さい』
跳ね上げた板（扉？）の内側に、ひっそりと貼られていた白いプラスチック。文章の内
容から察するに、ここは複数の人間が使用する場所であるらしい。

ならば、私が入ったところで何の問題があろう。私はおもむろに縁に足をかけ、正方形の通路に体を押し込んだ。小柄なのが幸いしてか、映画のように匍匐《ほふく》前進をする羽目にはならなかった。

とはいえ暗闇の中を進むのもぞっとしない。読むべきプレートがあるなら、明かりもあるだろうと入り口付近の壁を探る。すると小さな突起があり、それを押すと非常灯のようにぼんやりとした黄色い光が通路を照らした。しかしそれでも安心は出来ないので、私は入り口の板がぴたりと閉じてしまわないよう、ライターを挟んでおく。

通路はひっそりと静まり返って、どこか遠くから風の気配が流れてくる。これを先に進んだところで、特別な何かが現れるとも思えないのだが、それでも何故か歩みを止めることが出来ない。

中腰で歩いていると、幼い頃両親に連れて行ってもらったイチゴ狩りのビニールハウスを思い出す。小さな自分にとってはゆとりの空間も、大人にとっては窮屈だったようで親父は何度も外に出ては腰を伸ばしていた。当時の親父の気持ちを嫌というほど味わいながら進んでいると、やがて突き当たりの壁が見えてきた。

（ここでおしまいか？）

だとしたらあまりにもつまらない。そう思って辺りを見回すと、左の壁に扉があった。

天井の低い通路に設けられた扉は、まるで茶室の入り口かアリスの世界のように不自然だ。それでも好奇心には逆らえず、ノブに手をかける。

細く開いた隙間から、光が射してきた。

「……あれ？」

高い天井。オフホワイトの床材が張ってある廊下。もしかしてここは、同じ建物の違う廊下なのか。しかし、だとするとこの通路の目的がわからない。男子トイレの個室からこの廊下まで、一体何の意図があって結ばれているのか。

ともあれ腰を伸ばせることが嬉しくて、私は小さな扉から廊下に出た。けれどそこに出てみて、再び私は違和感に包まれる。のびをしようと伸ばした手が、天井に当たりそうなのだ。さらに横幅も狭く、大人が二人すれ違うにはぎりぎりといった風情だ。

少なくともここは、正規の通路ではない。従業員か清掃係が使用する、裏道のようなものではないか。私がそう結論づけたとき、正面から一人の男が歩いてくるのが見えた。

一瞬ぎくりとしたが、あの通路にはどこにも『立ち入り禁止』とは書かれていなかった。それに私は背広を着ているから、よもや泥棒には思われまい。そこで恥を忍んで、声をかけてみることにした。なんにせよ腰が痛くて、あの狭い通路をもう一度通る気にはなれない。

「あの」

「やあ、こんにちは」

声をかけると、男は微笑んで会釈する。仕立ての良さそうな背広を着ているので、どこかの会社の重役かもしれない。

「申し訳ありませんが、外へ出る道を教えてはいただけませんか」

私がたずねると、男は不思議そうな顔で首をかしげた。

「実はほんの好奇心で、そこの扉から入って来てしまったんです」

言いながら廊下の壁を指差す。すると男は納得したという風にうなずき、自分の来た方向を示した。

「お帰りはあちらですが、もしかしてあなた、こちらの存在をご存じない？」

「え？」

こちら、とはこの通路のことだろうか。

「ははあ、なるほど。ところであなたは都内にお住まいですかな」

「いえ。隣の県ですが、それが何か」

「失礼ですが、お子さんは」

いきなり根掘り葉掘り聞かれて、私は困惑する。

「娘が一人。もう結婚して家を出ましたが」

「都内に住みたいと、考えたことはおありかな」

「それはまあ、できることなら……」

男の鷹揚《おうよう》なもの言いに、少し腹が立った。通勤に一時間かけても、ちっぽけなマンションすら手に入らなかった私の稼ぎ。それのどこが悪いというのか。

「少々狭くるしくてもよければ、マンションをお貸ししましょうか」

「はあ?」

「ちょうどこの間、空き部屋が出来たところでしてな。入居者を探そうとしていたところなんですよ」

そう言いながら、男は出口と反対の方向に私をうながす。

「しょ、初対面の人間に部屋を貸すっていうんですか」

「あなたはここに入って来た理由を正直に述べられた。私にとってはそれだけで充分なのですが、コミュニティとしての入居条件は中高年であることと、子供と同居していないこと。あなたはそちらの理由でも合格でしょう」

「一応、四十九ですけど」

男は軽やかな笑い声をたてて充分です、とうなずいた。

「でも私には、都内に家を借りる余裕なんてありませんよ」

男は突き当たりの扉を開け、さらに狭いスペースへ私を連れてゆく。やがてチン、という音がしてエレベーターが到着した。

「お金は、ほとんどかかりません。こちらに入居するのに必要なのは運と勘だけです」

「運と勘……？」

「そう。あなたのように偶然入り口を見つけてしまう運。あるいは自力でこちらを探り当てる勘。それだけです」

着きましたよ。そう言われて私はエレベーターから一歩を踏み出す。するとそこには、高級マンションと思《おぼ》しき空間が広がっていた。ただし、幅だけはやはり少し狭いが。

「どうですか。狭いながらも３ＬＤＫで家賃は五万」

「これで五万！」

しかもここは、都会の一等地。最新の流行スポットだ。

「暮らすにあたっての条件は一つだけ。外に出る時は小綺麗な格好でいること。それだけです」

もしかして、夢を見ているのだろうか。狭いとはいえ我が家よりは格段にゆとりのあるリビングを見回して、私は頬をつねる。

「もしよろしければ、お返事は一週間ほど待ちますよ」

男は私に連絡先の電話番号を渡して、微笑んだ。

帰りは再びエレベーターに乗った後、通路を反対側に進み、物置のような部屋を抜けて階段を降りると地下の駐車場に出た。まるで狐につままれたような気分で後ろを振り返ると、扉は依然としてそこにある。ただ、やはり物置の扉にしか見えないので普通の人はこれを開けようとは思わないだろう。万が一開けたところで、そこには階段があるだけだ。

その後、一週間のうちに二回電話をかけて私と妻はここに住むことを決めた。


月曜の朝。私は家で軽く朝食をとったあと、ショッピングプラザの庭に面したカフェテリアでエスプレッソを飲む。会社には十五分もあれば到着してしまうので、時間に余裕があるのだ。たまに昔とった杵柄《きねづか》で英字新聞などに挑戦してみることもあるが、これは私からのちょっとしたサービスだ。

服装は、彼に言われた通り少しだけ上品な感じを心がけている。とはいえ裕福なわけではないから、量販店で買ったものを適当にアレンジしているだけなのだが、それでもまあなんとか見られるようにはなる。そうなると、以前はお洒落すぎて踏み込めないと感じていたカフェにも入れるようになるから不思議だ。実際のところ、このビルに入っているようなブティックの服を買うことが出来るのは、ほんの一握りの人だけなのだとわかったし。

午後は早めに家に帰り、妻と二人で街へ出る。家賃が安いので、元の家の時とは違って外食も可能だ。シンプルな白いシャツとベージュのニットに身を包んだ妻は、裕福なマダムのように見える。

こんな世界があることを、今までは知らなかった。

君たちも知らないだろうが、都心にある大きなビルにはおしなべてこんなコミュニティが存在する。それは、都会が都会であるために必要なモブ。背景の群衆としての役割を担った人間のための場所だ。家賃の安さはそのアルバイト代のようなもので、男はそういったコミュニティの管理者だった。

天井の高さを利用して作られた公表されない階には、私たちのような中高年の夫婦が多く住んでいる。その理由として、男はこんな話をした。

「都会の流行スポットに、若者とミーハーな家族連れは呼ばなくてもやってくる。しかしそこがそんな人間で埋め尽くされると、もはや遊園地と区別がつかなくなってしまう。そこで我々は、ヨーロッパのように大人が落ち着いて暮らしている都会をプロデュースしようと考えた」

ゆとりある中高年が闊歩《かっぽ》する風景。それこそが流行スポットとしてのクラス感をあおるのだと男は言った。そして若者と子連れは、口が軽くうるさいので対象外だとも。ともあれ、そうして私と妻はこの風景の一部となった。

これって明治村なんかで働くような気分よね。妻は白ワインのグラスを片手に微笑んだ。どうやらこのアルバイトは、体が動く限り続けられるらしいのでご機嫌なのだ。毎月家賃で浮いた金額を貯金も出来るし、余暇にも使える。これで老後も安泰だと思うと、確かに心は軽い。

それにもし体を壊しても、病院は近くにある。複合ビルの上層階など、不自然な位置にあるクリニックは、ほとんどがこういった客を相手にしている。一般の患者はほとんど来ないので、あまり待たされることもなく快適だ。

私は隣で微笑み合っている中高年の外国人カップルに向けてグラスを軽く掲げる。多分、あなたたちもだろう？　そう目で問いかけると、二人は共犯者の微笑みを返してきた。新しい形の出稼ぎもあったものだ。

さて、君たちの見ている都会の風景に私たちはいるだろうか。

並列歩行

雪の降りそうな二月のある日、俺は営業帰りに地下鉄を待っていた。最後の一時間を路面店回りにしたのが災いしたのか、体は芯まで冷えきっている。喫茶店で温まろうかとも思ったが、それよりもとにかく早く家に帰って熱い風呂に入りたかった。まるで、暑い夏の日に水分を我慢してビールを楽しむように。

かじかんだ手をこすり合わせながら電車に乗り込むと、奇跡的に座ることが出来た。これで終点まで三十分、心地よい時間を過ごせることだろう。

椅子に座ると、さっそく体がじわじわと温まってくる。コートで着ぶくれた隣人に埋もれるようにしていると、一気に眠気が襲ってくる。そう言えば昨日は遅くまでサッカーの試合を見ていたし、今日は一日出歩いていたから休まる暇がなかったな。午後五時。腹も減ってきたし、ちょっと限界だ。

俺は静かに頭を落とすと、眠りの世界へと沈み込んでいった。

突然がくりと体が揺れて、目が覚める。結構寝たような気がするが、ここはどのあたりだろう。俺は何気なく電光掲示板を眺め、首を傾《かし》げる。本来なら現在止まっている駅か、これから到着する駅の名前を示しているはずの部分に見慣れない文が流れているのだ。

『事故発生・詳細をアナウンスするまで少々お待ち下さい』

事故？　人身か、それとも車両故障か。瞬時に俺は考える。人身なら復旧までそれなりに時間がかかるが、故障の場合は比較的立ち直りが早い。できれば後者であってほしいと願いつつ、俺は時計を見た。午後五時半。ということは終点はもうすぐそこだということか。

「ついてないな」

思わず口に出すと、隣の男がごく自然にうなずいた。

「まったくですね」

「ここはどのあたりですか」

たずねると、男は終点のひと駅前の名を口にする。

「なんで止まったんでしょうね」

「うーん、私は起きていたんですが、ちょっとわかりませんでしたね。こう、急にがくんと止まっただけで」

ブレーキの音や激しい揺れがないところを思うと、この列車は事故の当該車両ではないらしい。それならさほど待たされることもないかと思い、俺は少し安心した。

気分が落ち着いてきたのであたりを見渡すと、さっきよりも乗客の数は増えている。混雑というほどではないが、向かいの席が見えるほどでもない。とりあえず老人や席を譲らなければならない人間もいないようなので、俺はそのまま座っていることにした。

都会の常として、うんざりとしている顔の者はいてもパニックになるような者はいない。皆、自分の携帯電話を取り出してどこかへと連絡をとっている。俺のような独り者は、待ち合わせがない限りそんな連絡も不要なので気楽ではあるものの少し寂しい。そんなことを考えていると、ようやく車内アナウンスが聞こえてきた。

どうやら終点の駅で停電が発生したため、この列車は待たされていたらしい。そして補助電力で終点には着くものの、その先の乗り入れ線には進まず折り返し運転になるという。

「こりゃまいった」

隣の男が携帯電話の画面を見てつぶやいた。

「どうしたんですか」

「これは結構大規模な停電みたいでね、この路線は全線でストップしているらしい」

「お宅は遠いんですか」

私がたずねると、男はうなずく。

「乗り入れ線のずっと先でね。次の駅で止まられると、もうどうしようもないよ。大回りしようにも違う線がないし、かといってタクシーで帰るには料金が高すぎる」

これはもう復旧まで時間つぶしをするしかないなあ。男の嘆きを聞きながら、俺は自分の帰り方を考える。俺の家は、終点から乗り換えて二十分。タクシーで帰っても安心な距離ではある。あるいは振替輸送のバスなら、もっと安いだろう。さらに終点の駅から数分歩いた所にある違う線に乗れば、自宅一つ前の駅までは違うルートでたどり着くことが出来る。

方法は色々ある。男が言うように喫茶店でコーヒーを飲みながら復旧を待つというのも手だし、いっそどこかで食事をするのもいい。俺は頭の中でシミュレーションをしながら、電車がゆっくりと駅に着くのを待った。

「やあ、やっと着いた」

ほんの十分ほどではあるが、車内に閉じ込められているというのは気分のいいものではない。俺と男は揃って立ち上がり、出口へと向かう。ぞろぞろとホームに降りて流れのままに進んでいると、俺の目に不思議なものが飛び込んできた。

なんと、俺とそっくりの格好をした男が少し先を歩いているのだ。濃いグレーのハーフコートにチェックのマフラー、それに肩から斜めがけした黒いバッグ。両方ともよくある色とデザインだが、それにしてもよく似ている。顔が見えないので年はわからないが、きっとそう違わないような気がした。

「それじゃあ、私はここで」

駅の階段を上りきったところで、隣の席の男が軽く頭を下げる。

「早く復旧するといいですね」

俺は男に会釈を返すと、駅の外に出た。午後六時。外にも人が溢れている。夕方のラッシュを直撃した停電は、かなりの人に影響を与えているようだ。これでは近くの店は軒並み混んでいるだろう。そう考えた俺は、思い切って最後の手段を選ぶことにした。徒歩だ。

まず駅前を抜けて、幹線道路を目指す。しかし歩こうにも、周りにたくさんの人間がいてゆっくりとしか進めない。駅から離れて空いた店を探す人、タクシーを探しながら歩く人、あるいは俺のように歩くことを決めた人。歩道を埋め尽くすほどの人数で大移動を続けていると、自分が群れの一部になったようで不気味な気がする。

四車線の道路に出ると、俺はまず近くのコンビニに入って地図を確認した。地下鉄はこの道路に沿って作られているから、まっすぐ歩いてゆけば二時間もしないうちに俺の降りるべき駅に着くはずだ。何十分も並んで店に入り、混んだ中で夕食をとるよりその方がずっといい。俺はマフラーをきっちり巻き直すと、四つ辻で信号が変わるのを待った。

そのとき、向かい側の歩道にさっきの男が立っていた。俺と同じようにマフラーを結び、同じ方向を目指して信号を待っている。まるで幹線道路を挟んだ鏡を見ているようで、おかしな気分だ。けれどそれに関わっている暇はない。俺は青信号とともに、一歩を踏み出す。

　最初の三十分は順調に進んだ。歩くと体も温まってきたし、何より景色が物珍しかった。初めて通る道の、初めて見る店。今が寒い季節でなければ、いちいち寄っていきたいくらいの気持ちだ。けれど歩き出してしまうと、流れる景色とスピードが癖になってちょっと止まりにくい。

　しかし四十分を超える頃には、息切れを起こしはじめていた。

「……少し休もうかな」

　道路沿いにあるファストフード店が目に入ったので、誰に聞かせるでもなくつぶやく。間に一度休憩を入れるくらいいいじゃないか。そう思ってふと前を見ると、さっきの男が対岸の歩道、それも俺より少し前を歩いている。その姿を目にした瞬間、俺は思わず足を早めてファストフード店をやり過ごしていた。俺は、追い抜かれるのが嫌いな質《たち》なのだ。

　それから二十分。だいぶ家に近づいてきたと思える地点で、俺は尿意を覚えた。寒い中を歩き通しだったのでしょうがないことだが、できれば止まらず歩きたかった。というのも、男と俺は拮抗《きっこう》したスピードのまま、平行に歩き続けていたからだ。

　リタイヤしたくない。そう思うものの、尿意はどんどんと増してゆく。ちらりと対岸をうかがうと、何故か男もこちらをちらちらと見ていた。もしかして、相手も同じことを考えているのかも知れない。俺はそう考えて、ある地点を待ちながら歩を進めた。

やがて向かい合わせに建つ、二軒のコンビニが見えてくる。俺はそこへ向かい、わざとらしいほど大きな動作でその店に入った。そこでトイレを借り、ペットボトルのお茶と肉まんを買って表に出た。するとあにはからんや、向かいの男も店の外で何かを食べているではないか。

「同じ距離を歩いてるんだもんな」

俺は少し楽しい気分になって、肉まんを頬張った。

そして一時間二十分。足が疲れて、汗で体が冷えてきた頃に動きがあった。急激に歩くペースが落ちてきた俺に対し、男はまだまだ余力があるのか差を広げてゆく。少し進んだところで一度こちらを振り返ったが、見捨てるように前を向いて歩き出した。

「くっそ……」

さっきまでシンパシーすら感じていた相手が、一瞬で憎むべき敵に変わる。負けるか。負けてたまるか。その気持ちだけが足を進ませる。

一時間半が過ぎた頃、今度は相手のペースがダウンした。対岸のあいつはがくりと頭を垂れ、肩で息をしているように見える。

「ざまあみろ」

俺はさっきされたように、相手にわざとらしい一瞥《いちべつ》をくれると前を向いて歩き出した。

俺は速い。俺は負けない。俺はどこまでも歩く。

二時間が過ぎた頃、俺たちは気づいた。おそらく、俺とあいつは体力的に互角だ。進む歩幅も同じくらいだから、追いつ追われつで勝負がつかない。

「くっそう！」

だがしかし、それでもやっぱり負けたくはない。体力的に互角でも、根性の面では負けるつもりがなかったからだ。吹きさらしの店先でコートを片手に持ち、スーツ姿で歩く毎日。『靴底がすり減る』という表現が事実なのだと思い知った日々。

あいつがどんな奴か俺は知らない。運動部でならした経験があるのか、それとも俺と同じように営業で培った体力なのか。俺は横をちらちらと見ながら考える。足が痛い。鞄が擦れた肩も痛い。顔なんか冷え過ぎて強《こわ》ばってる。

あいつの名前は知らない。住んでる場所も知らない。それでも前に進むことを止められない。もう俺の家があるべき場所は通り過ぎた。それでもあいつが止まらない限り、俺も止まる気はない。

絶対負けない。あいつには絶対に負けない。いつしか靴の中では血豆ができ、潰れてぐちゃぐちゃと音を立てている。それでもあいつには負けない。ただ前に進む。あいつよりも前に。

こっちを見てるな。さっきからずっとこっちを見てるな。俺が憎いか。憎いなら進め。俺を抜けるもんなら抜いてみろ。そうだ。俺こそがお前のライバル。生涯にわたる最高で最悪の好敵手なんだからな。

いつしか、俺は笑っていた。笑いながら猛スピードで歩いていた。時刻は夜中の一時。歩道にもはや人の姿はない。俺たちはどこまでも平行を保ったまま、歩き続けている。血と汗と擦り剝けた皮膚と、口の端に溜まった泡。坂道を転げ落ちる狂った車輪のように、俺とあいつは夜をどこまでも進む。

この感覚はなんだ。この濃密な気分は。今、俺とあいつは世界中の誰よりも近いぞ。これは愛か。愛なのか。

やがて大きな四つ辻が近づいてくる。四車線同士が交差する地点で、俺とあいつは顔を見合わせた。車の姿は少ない。そして、俺たちの足は止まったら壊れそうなほどよく動いている。

俺のうなずきに呼応するようにあいつが飛び出す。スピードが乗ったまま四つ辻に突入し、通り過ぎようとしたとき事件は起こった。

横から飛び出してきたトラックが、あいつの体を撥《は》ね上げたのだ。

「あっ！」

まるで藁人形のように軽々と宙に舞う人影。俺と全く同じ服を着た男が、どさりと地面に落ちる。俺はそこに一目散に駆け寄り、名も知らぬ奴の体を抱えた。

「だ、大丈夫ですか？」

慌てて車から降りる運転手。俺は火照《ほて》りと冷えを繰り返し、がちがちになった男の体を抱きしめる。

「救急車を！」

頬を涙が伝う。

「大切な奴なんだ！」

唯一無二の相手を失う予感。

「親友なんだ！　俺の大切な友達なんだ！」

しかし体は徐々に冷たさを増し、絶望は確信に変わった。

「お願いだ、先に行かないでくれ！」

俺は奴を道路に横たえると、流れのある隣の車線に飛び出した。

「俺を抜くのは許さん！」

眩《まぶ》しいほど近づくヘッドライト。強い衝撃。冷たいコンクリート。遠のいてゆく意識。

俺は、間に合ったのだろうか。

カミサマ

何も考えず、ただ生きてきた。

意欲に燃えて入社したのに、外回りばかりの仕事。上がらぬ給料。それでもいつかと思っている内に、あっと言う間に十五年が過ぎた。休日は営業先で仲良くなった町工場の社長と釣りやゴルフに興じ、夜はそのまま飲みにゆく。楽しくない相手もいたが、年数を重ねるにつれ気の置けない相手も増えていった。途切れない忙しさと、ほどほどの人間関係。しかしふと気づけば、彼女もいない。学生時代の友達も疎遠。親は数年前に揃って事故で亡くなっているし、小さいときから仲の悪い妹はすでに嫁にいっている。つまり人間関係において、俺はいつの間にか誰からも必要とされていない状態に陥っていたのだ。

とはいえ一応、仕事上とはいえ友人と呼べる人がいたし、男一人の気楽さもあって俺はそこまで悲観していなかった。けれどある日、一番仲の良かった町工場の社長が突然首をくくった。

親子ほど年の離れた、でも今の俺にとって一番近い位置にいる人だった。週に一度は工場の近くで飲み、ヘラブナ釣りの極意を教えてもらい、ときには大人げないほどの喧嘩もした。

「大人になって喧嘩のできる相手は貴重だぞ」

仲直りの席で聞かされた、いつものお題目。俺が梅酎を飲みながらうなずくと、「だから俺を大事にしろよ」と続いた。

そんな人が、突然いってしまった。

借金苦だった。なんで何も言ってくれなかったんだ、と通夜の席でつぶやくと、残された家族の悔しそうな表情が目に入った。そうか。この人たちも何も言われなかったんだな。そう考えると、俺ごときがその言葉を口にするのも筋違いに思えて、俺はただ静かに頭を下げた。

もしかしたら父の姿をだぶらせていたのかもしれない、と斎場を出て考える。叱ってくれて、見ていてくれた。きっとそれで俺は安心していたんだな。

「顔を洗って出直してこい！」

あの景気のいい怒鳴り声を、もう二度と聞けないのか。そう思った瞬間、足下がすとんと抜け落ちた。

これでもう、本当に誰も、俺を見ていない。

夢も希望もない。昔は冗談で使っていたこの言葉が、こんなにもリアルに立ち上がってくるなんて驚きだ。

これといってかなえたい夢などなく、趣味も特にない。誘われたら何にでもついていく体質なので、自分よりも他人の趣味に乗っかってきた。貯金もほとんどない。彼女を作ろうにも、出会いもなければデート代もない。それにそもそもお洒落に使うような金など持ってはいない。ないないづくしの中、いつしか気分は下降線を辿《たど》る。今すぐ死ぬような状況ではない。けれど前向きな気持ちが一切湧いてこない。俺は長年暮らしたアパートの部屋で水を飲み、カップラーメンを啜《すす》りながら一人静かに絶望していった。

明日、俺は四十歳の誕生日を迎える。

朝、夜が明けるなり俺は財布に残っていた金で、発作的に電車に飛び乗った。始業時間が近づくにつれ少し心が揺れたが、さりとて戻ろうという気にもなれなかった。どこへ行こうかなど決めていない。とりあえず、行けるところまで行ってみようと思った。

電車の終点を何度か繰り返し、駅のロータリーからバスに乗ると景色がみるみるうちに緑に染まる。風薫る、と評される季節。なのに美しい景色も空も心を動かさない。どこかが麻痺したような状態で、それでも確実に耳はアナウンスを聞いている。風穴《ふうけつ》。いつかテレビの特番で聞いたことのある名前。指がごく自然に動いて、ブザーを押した。

そして樹海の縁に降り立った俺は、自然観察遊歩道を歩き出す。観光客用にほどよく整備された道は、そのまま歩けば何の問題もなく次の地点に出ることができるようだ。

平日の昼時のせいか、人の姿はほとんど見受けられない。俺は柔らかな腐葉土《ふようど》を踏みながら、あたりを見渡す。前にも後ろにも、人影はない。俺は静かな気持ちで、遊歩道を進む。誰もいない。それでいい。それがいい。

さらに三十分ほど進んだところで、遊歩道を示すロープがちぎれていた。

「いけないな」

誰に言うでもなくつぶやきながら、ロープに手を伸ばす。端を取り固く結ぶと、小さな達成感があった。

「これで迷わずに済む」

そう言いながら、俺はロープを踏み越える。

「安心安心」

微笑みながら、ざくざくと進む。

「遊歩道を外れたら、もう帰れないからね」

独り言がだんだん大きくなる。

「帰れないのと、帰りたくないのは違うからねえ」

大股で歩きながら、まるでミュージカルの主人公のように俺は両手を広げた。もしこの手が翼だったら。俺が違う生き物だったら。そうしたらきっと、こんな下らない生き方はしなかっただろうな。

前だけを見て、気分のままに右折や左折を繰り返し、ただただ歩く。軽い躁《そう》状態になっていた俺は、息が切れても笑いながら足を動かしていた。けれど疲労がピークに達し、一本の木の根元に腰を下ろすと、気分が徐々に落ち着いてくる。

何をやってるんだろうな。ふと我に返ってしまうと、今度はじわりと恐怖が忍び寄ってきた。周囲を見ると、どの方向を見ても同じような風景が続いている。もう戻れない。その言葉の陰に隠していた言葉が、確信をもって迫ってきた。死ぬんだろうな、俺。

やがて陽が落ち、辺りに夜の気配が忍び寄る。喉が渇いて腹が減ったけれど、当然何も備えてはいない。気温がぐっと下がってゆく中、俺は木の根元にあるくぼみに枯れ葉を詰め込み、腰を下ろした。

完全に暗くなったら、どうなるんだろう。根源的な恐怖と、やがて訪れる飢えと渇きの恐怖。いっそ早いうちに首でもくくった方がいいのだろうか。

ああ、もう手元すら見えなくなってきた。暗闇の中で死ぬのは、死ぬ前と死んだ後があまり変わらないような気がするな。それよりもここには、野犬や蛇はいないのだろうか。そんなことを考えながらベルトをいじっていると、遠目に光るものが見えた。人だろうか。声をかけるべきか、かけざるべきか。それともあれは単なる自然の発光現象なのだろうか。逡巡《しゅんじゅん》はしたものの、それでも俺は同じ場所でじっと身を潜めていた。すると光はそれを見越したかのように、こちらへと近づいてくる。

まさか俺の居場所がわかるわけはないし、けれど偶然にしてはおかしい。混乱した俺は、とりあえず逃げ出そうと腰を浮かせた。しかし次の瞬間、俺は自分の目を疑う。

光は近づいてみるとぼんやりと青白く、たよりない明るさだった。そしてその中心に、一人の人間がこちらに背を向けて立っている。見慣れたジャンパーに、軽く猫背なその後ろ姿。

「……あんたなのか？」

思わず声をかけると、作業着姿の中年男性が振り返った。皺《しわ》の刻まれた顔。薄くなってきたとこぼしていた頭髪。そして機械油が染み付いた爪。暗闇にぼうっと浮き上がるその人の姿を、俺は信じられない思いで見つめた。

その人は右手をゆっくりと上げると、俺に向かっておいでおいでをする。思わず立ち上がって近づくと、近づいた分だけ後ろに下がった。幽霊。そんな言葉が思い浮かんだけれど、恐怖は感じない。立ち尽くす俺に向かって、その人は再度手招きをした。ついておいで。

助けてくれようとしてるんだ。そう気づいた俺は、胸がぐっと詰まった。

一人で樹海なんかに来た俺を、迎えにきてくれた。家族を抱える苦労も知らず、不治の病でもないのに適当に死のうとしたこんな俺を。

いつしか両目から涙がぼろぼろとこぼれ落ち、俺は子供のように泣きじゃくっていた。叱ってくれ。馬鹿な俺をいつものように叱ってくれ。そう大声でわめきながら、その人に向かって俺は歩きながら何度も謝った。ごめんなさい。ごめんなさい。ごめんなさい。もうしません。

馬鹿だなあ。そんな表情を浮かべたまま、その人は俺を導く。そして暗闇の中を小一時間も歩いただろうか。俺はふと、その人の姿が歪《ゆが》んでいることに気づいた。ゆらゆらと水中の草のように揺れたかと思うと、いきなり横線が入る。それはまるでテレビが故障したときのようで、俺は不信感を覚えた。

なんだか、幽霊っぽくない。そう思っていた矢先、その人の姿が突然ぷつりと消えた。

「え……？」

いきなり暗闇に取り残された俺は、ポケットからライターを出して辺りをきょろきょろと見回す。しかし遊歩道のロープも見えなければ、道らしい跡すらない。普通、こういうときって出口まで案内して消えるもんじゃないのか。それとも今のは、疲れた俺が自分で作り出した単なる幻影だったのか。

「あちっ」

混乱した俺はライターの炎で指を焦がし、大切な光源を取り落としてしまった。慌てて足下を探っても、それらしき物は見つからない。その途端、恐怖感が甦《よみがえ》った。あの人の姿に励まされた今、死ぬことは俺にとって安らぎではなくなっていたからだ。死にたくない。そう考えるとパニックが俺を襲った。どちらに進めばいいのかわからない俺は、方向も考えずぐるぐると歩き回る。すると足が固いものを踏みつけて、俺は転倒した。

「いってえ……」

木の根にでもつまずいたのだろうか。そう思って足下を探ると、何やら金属質の手触りの丸い物があった。よく見えないまま持ち上げてみると、指が突起に触れる。すると卵形のそれはかすかな光を放ち始めた。

「これって……」

さっき見た光と、まったく同じ色だ。俺は首をかしげながら、その光で物体を観察しようとした。そのとき突然、何かがそれをひょいと奪っていった。

「え？」

足音などしていない。動物の気配もない。なのに手の中から、いきなり奪われた。

「あーもう、困るんだよねー」

いきなり至近距離から声が聞こえてくる。

「えっ？　えっ？」

「気づかなきゃ、画像の乱れだけで済んでたのに。さらにリセットボタン押すから、修理がややこしくなっちゃったよ」

俺が言葉を失ったまま立ち尽くしていると、相手は「あー、そういえばあんたらこれじゃ見えないんだっけ」と言いながらライトを点《つ》けた。その光の中に姿を現したのは、役所の職員のような服装の男。髪も真面目くさった七三分けで、黒ぶち眼鏡をかけている。いくら自分の妄想にしたって、ここでこのキャラはないだろうという風体《ふうてい》だ。ということは、これは本物の人間？

男は呆然とする俺をちらりと見つめ、軽く首を傾げる。

「説明してほしい？」

ぶんぶんうなずくと、男は胸元の名札を見せた。そこにはバーコードがあるだけで、名前などの文字はない。

「正式名称は、超常現象制作課」

「はい？」

「てっとり早く言うと、この世の中で幽霊とかUFOとか、その他諸々の超常現象と呼ばれる事象を制作している課の者です」

いきなりそんなことを言われて、はいそうですかと納得できるわけがない。しかし俺は男の手にしている卵形の機械が気になった。

「……じゃあ今のも？」

「そうっすね。自走型プロジェクターによるイメージ投影です」

でもあの人の姿なんて、どうやって調べるんだ。俺が不審を抱くより先に、男は先を続けた。

「追っている人間の意識を反映させるだけだから、特定のデータ入力はしなくても済むんだよ」

「でも、そんなことをして……」

「何になるのかって？　愚問だねえ。求めたのはあんたらのくせにさ」

男は頭をかくような仕草をして、俺の方を見る。

「あんたら、って」

「人間だよ」

じゃあお前は何なんだ。そうたずねたくなる気持ちを、ぐっと押しとどめる。それを聞いたが最後、俺は殺されるかもしれない。

「人間ってさ、歪み？　あそび？　よくわかんないけど、とにかくファジーな部分が心に必要なんでしょ。正直、いちいちその相手するのってめんどくさいんだよね。でもそういうのゼロにすると種《しゅ》としてうまくいかないみたいだし」

だから適当にそういう現象を与えてやると、うまくコントロールできるんだよね。男はそう言って機械を指差す。

「ちなみにこれは一番お手軽なやつ。だからあんたみたいな一般人にも使用が許されてるわけ。この機械は、ここに入ってきた人間を見つけてはそいつの中にある一番良いイメージの人間を映し出して出口まで案内する。ま、自動案内機ってところだね」

「それに逆らったら……？」

「別に。ただ本当に迷って死ぬだけだよ。こっちとしても、そこまで面倒見切れないからね」

男はうんざりしたような表情で腕組みをする。

「でもまあ、あんたはここを出ようとしてた。なのにこれが故障したからさ」

だから今回は案内する義務があるってわけ。ついてきてよ。そう言って男は歩き出す。

しかしおかしなことに、男が歩いても何の音もしない。俺が一歩を踏み出すと、足下で枝がぽきりと折れたり枯れ葉がごそごそしたりと騒がしいことこの上ないのに。

人間じゃないのか。そう考えると、男の言うことも理解できるような気がした。たとえば異星人。でなければ未来人？　なんにせよ、俺の知っているテクノロジーではない文明を操る生き物。

「なんかさあ、あんたらって何でも勝手に都合良く歪めて話を作るんだよね。歴史とか記録だって主観入りまくりだし、本当、人間ってストーリーテラーなんだから」

「歴史がそうだってのは、人間だって薄々感じてるよ」

「あ、そう？　ならおめでとう。少しは進歩してるじゃん。でも理解できないことがあると、必ず歪めて勝手に嚙み砕いちゃう癖はそのまんまだよね？」

反論したいところだが、ぐうの音《ね》も出ない。というよりは逆らうのが恐かった。

「見たまま、そのまんまを伝えていけばいいのに、必ず歪めるんだ。それで後世の人間がいらない苦労をする。それってわざとなの？」

男は退屈しているのか、ときどき俺の方を振り返っては同じような質問を繰り返す。

「いや、そういうつもりでは――」

「じゃあさ、新しい宗教とかがじゃんじゃん生まれるのはなんで？　もともとは神話だってあったのにさ、一つの民族に一つの宗教じゃ我慢できないのはなんで？」

何故人は宗教を求めるのか。そんな難しいことを聞かれたって困る。俺は苦しまぎれに、適当な意見をのべた。

「宗教、じゃなくて神様が欲しいんじゃないかな」

「ああ、カミサマね。古いカミサマが何にもしてくれなかったら、新しいカミサマを作ればいいって？　そうやってストーリーを補完し続けてるんだね」

「そう簡単な話でもないと思うけど、人の心は弱いから何か強いものにすがりたいんだ」

夜の樹海を歩きながら、謎の男と宗教談義。いくら死にかけの俺だからって、この状況は不条理すぎる。

「そうやってそれぞれのカミサマにそれぞれのストーリーをつけるから、どんどんややこしくなっていくんだよね」

「まあ、そうかもしれないけど」

「幽霊やＵＦＯに関してはこっちの責任だけどさ、それにしてもバリエーションつけすぎ。影が見えたからって地縛霊《じばくれい》とか動物霊とか、はたまた何星人とかさ」

「……あんたはそういうたぐいのエイリアンじゃないのか」

だって足音がしないし、暗闇で目が見えるし。そう言うと、男は鼻で笑った。

「もし俺がエイリアンだったら、どうしてここまで人間のためにサービスしなきゃならないわけ?」

　ということは、人間に属するものなのか？　未来人とか？　俺が首をひねると、男は今度こそ声を上げて笑った。

「だから、そういうところがすごいんだよなあ」

　げらげらと笑いながら、男は前を指差す。

「ほら、そこが遊歩道のロープだ。あと数時間もすれば夜が明けるから、ロープのそばで待ってればいい」

「じゃあな」

　見るとそこには、俺が行きに結び直したロープがぼんやりと浮かび上がっていた。

　そう言って背を向けようとした男に、俺は思わず声をかける。

「待ってくれ。あんたは一体、何者なんだ」

「知りたい？　知ってもどうしようもないと思うけど」

　この際、どんなおかしな話でも受け入れる覚悟はできてる。俺がそう言うと、男はいきなり右手で、自分の左手を摑んだ。そして手首から先を何気なく引き抜く。

「……！」

「機械仕掛け。それだけのハナシ」

驚きながら俺は、男の手首の切断面をじっと観察した。確かに肉や骨は見えず、そこにはただコードのような物が見えているだけだ。でも。

「でも、もしかして手首から先だけ機械にしてるとか思ってない？」

考えていることをいきなり言い当てられて、俺は当惑した。

「いや、その……」

「だからあんたらは、めんどくさいって言うんだよ。手を切っても足を切っても、果ては首を切ったって納得しやしない。きっとああだろう、こうだろう、そう勝手に考えるから、いつまでたってもこっちの正体が広まらないんだ」

言われることがいちいちもっともで、俺は反論もできずにただうなずく。

「いつ誰が何のためにこっちを作ったのか、知りたければ自分で調べるんだな」

男はそう言い残すと、再び背を向けて歩き出す。俺ははっと我に返って、一番言うべき言葉をその後ろ姿に投げかけた。

「その——ありがとう！」

すると男は振り向き、俺に向かって何かを投げて寄越《よこ》した。きらりと光るそれは、俺がさっき落としたライター。俺はそれをぐっと握りしめると、再び訪れた闇の中で小さな火を灯《とも》した。

朝日が昇る頃、俺は目を覚ました。寒さと疲労で、いつの間にか眠ってしまっていたらしい。ロープを張ってある杭《くい》を抱きしめるようにしていた俺は、腰を叩きながらゆっくりと立ち上がった。

なんだかおかしな夜だったな。正体不明の男と会ったのが、なんだかとても昔のことに思えた。俺は体についた枯れ葉や土を払い落とすと、遊歩道の出口に向かって歩き出す。

狐か天使か妖精か。世の中にはまだまだ不思議なことがあるものだ。真実は、誰に話したってわかってはもらえないだろう。頭がおかしくなったと思われるのがオチだ。でも助けられたのは本当だ。俺は青々とした梢《こずえ》を見上げると、ふっと微笑んだ。

いつか俺に大切な人ができたら、この夜の話をしてやろう。樹海に棲む、不思議な神様の話を。

秘祭

とある地方のとある村に、他言無用の秘祭があるという。

民俗学的な見地から全国各地の祭りを取材してきた私は、その噂を聞いたときからずっと参加させてほしいと手紙を送り続けていたのだが、喜ぶべきことに今年ついに先方から承諾の返事が届いた。知り合いのってのってを辿《たど》り、何度も頼み込んでの末に訪れた僥《ぎょう》倖《こう》に、否《いや》が応《おう》でも胸は高まる。

とはいえ場所も日にちも明かしてはならないという条件つきの見学ゆえ、このレポートに多少理解しにくい側面があることは許されたい。しかしたとえ地名や日時が詳《つまび》らかにできなくても、祭りの内容はとても興味深く、かつ学術的な価値も認められるものだと私は確信しつつこれを記す。

春から夏へと移り変わる季節のどこかで、この祭りは行われる。祭りの中心は十七歳の男女で、そのことからこの儀式が若者の通過儀礼だと見て取れる。

事前の聞き取り調査を行ったところ、村人たちは皆総じて『匿名で』書くことを強く念押ししていた。さらに年齢が若いほど記憶が鮮明なせいか、反応が顕著であることがわかった。高齢の村人たちはおしなべて穏やかであったが、それが加齢による集落内での地位の向上によるものなのか、あるいは生物学的な意味での衰えによるものなのかはしばし保留にしておきたい。

加齢による地位の向上は、閉鎖的かつ旧弊な村落の中ではよく見られるものだ。一番の高齢者が『長老』と敬われ、村の重要事項の決定権を持つ。今回、私が祭りへの参加を許されたのも現長老の一声だった。

「ようこそいらっしゃいました」

迎え入れられた座敷で、長老が茶を勧める。

「今回は貴重な儀式にお招きいただき、誠にありがとうございました」

私が頭を下げると手で制して、からからと笑う。

「あんたはタイミングがよかった。ちょうどこの間、あたしと同い年のやつがあっちにいっちまったところだからね」

「そうなんですか」

最高齢が一人になると、自動的に長老になるシステムでもあるのだろうか。

「ま、祭りは今日の夜に行われるから、それまではゆっくりするといい。ここは何もない村だが、温泉がわいてるからね」

「はい。お心遣いありがとうございます」

「わからないことがあったら、そこの若いのに聞くといい。祭りの係をやっとるから」

長老はそう言って、私の並びに座っていた三十代くらいの男を指した。男は私に向かって軽く会釈する。

「祭りの見番《けんばん》をやっております。よろしければ今年の祭りに参加する若衆の小屋にも案内しますが」

「それはぜひお願いします」

願ってもない申し出に、私は思わず腰を浮かせた。すると長老が気を利かせて、行きなさいという手つきをする。私は深く頭を下げると、男と共に立ち上がった。

若衆小屋はごく普通の民家だが、広い和室がある。そこに十人の若い男女が集まって、神妙な顔で正座をしていた。彼らは、私と同じくこれから何が起こるのかを知らない。祭りは、該当年齢以下の子供にとっても秘祭なのである。

「小さい頃から祭りの夜は外に出してもらえませんでした」

「そう。とても恐くて痛い行事だから、大人になる前に見てはいけないと言い聞かされてきたんです」

私がたずねると、端に座っていた女の子たちが口々に訴えた。

「そう言われて、逆に見たくなったりはしなかったの」

見てはいけない、と言われれば言われるほど子供の好奇心には火がつく。だからこそ通過儀礼は、それぞれの集団で魅力を放ち続けるのだ。よしんば実態が隠されていても、噂や子供だけの伝説となる可能性がある。

しかしそれに答えたのは、反対側に座っていた男の子たちのグループだった。

「本当に小さい頃は、わけもわからず見たいと思ってました。でも祭りから帰ってきた兄ちゃんを見たら、そんなこと思えなくて」

どうしてそう思ったのかと聞くと、男の子は激しく首を振る。

「顔色が真っ青で、僕がたずねても何も答えてくれなかったから」

「うちの姉貴は、声も上げずに泣いてた。顔はすっごい普通なのに、ただずっと目から涙が止まらないんだ。本当に恐かった」

「その夜は、部屋からずっと悲鳴みたいな叫びが聞こえてました」

彼らは恐怖感からか、ぺらぺらと喋り続ける。聞き込みをしなければならない私にとっては好都合だが、話を聞くだに祭りの内容は凄まじそうだ。

「姉ちゃんは、祭りの後必ず部屋に鍵をかけるようになったんです」

「一カ月は父ちゃんや母ちゃんの顔を見ようとしなかった」

「家族全員に向かって、裏切り者と叫んでました」

親しい者まで信じられなくなる。それはおそらく、その恐怖を与えたのもまた親しい者であることを指しているのだ。狭い村で行われる祭りだからこその弊害とも言えよう。

刻々と暗くなってくる部屋の中、沈鬱な空気が流れる。

私が時折質問する以外は、皆口を開こうとはしない。時間が近づくにつれ、恐怖感がつのっているのだろう。まだ子供と言っていいくらいの歳の彼らが怯《おび》えている姿を見るのは、正直いい気分ではない。けれどこの行事で死者が出たことはないと長老も言っていたし、時間も長くかかるわけではないらしい。せめてその情報を安心材料として、心の平穏を祈るばかりだ。

「先生、ちょっと」

和室の障子が開き、見番の男が手招きをする。全員が息を詰めたように見守る中、私は立ち上がって廊下に出た。

「そろそろ刻限です。今から若衆には迎えが来ますから、それを見送りつつ移動しましょう」

私がうなずくと、男はしばしここで待っていて下さいと言う。そして横に立ち、廊下の先を見つめた。

複数の足音が聞こえてくる。私はその方向を見てぎょっとした。だぶだぶの白装束に面を着けた人物が、我先にと走ってくる。そして勢いよく障子を開けるなり、名前を叫んだ。

するとそれに答えて、若衆の一人が怯えた表情で立ち上がる。

「これより先、私がお前の勢子《せこ》になる。後ろについて歩くから、指示に従うように」

そう宣言すると、二人羽織のようにぴたりと後ろについた。若衆は緊張した面持ちでこくりとうなずくと、囁《ささや》きに従って廊下を進み始める。

「ああして一人一人に勢子がつき、会場まで共に歩きます」

神や影の象徴とも見て取れる勢子は、こういった儀式にありがちな存在だ。面や衣服によって顔や体形を隠す工夫がされているのも、定石どおりと言える。そして十人の若衆は、それぞれの勢子に付き添われて祭りのメイン会場である公民館へと到着した。

中には村人が集合し、綺麗に並べられた椅子に座って舞台の方を向いている。若衆はその舞台の上に並べられた椅子に座らされ、背後には勢子が立った。事情を知らなければ、まるで入学式や卒業式といった風情の空間だ。

全員が席についたところで、勢子よりも少し派手な装束に身を包んだ人物が姿を現す。どうやらこれが祭りの進行役らしい。

「おおい、おおい。今年も若衆の匂いがするなあ」

芝居がかった動きであたりを見回すと、おもむろに声を張り上げる。

「自分は人とは違うとか思ってるやつはいねがあ？」

壇上の若衆が、全員びくりと身を竦《すく》ませた。さらに進行役は続ける。

「誰にもわかってもらえねとか思ってるやつはいねがあ?」

どうやら、若者にありがちな悩みを問うているようだ。すると突然、一人の勢子が声を上げる。

「ここにいるぞお!」

勢子の前にいる男の子は、何が起こるのかと恐怖で引きつった顔をしていた。しかし勢子はまったく頓着せず、だぶだぶの袖から何かを取り出して読み上げる。

「『俺はいつかでかいことをする。絶対に農家なんか継がねえ。俺の考えてるビッグなプロジェクトは、いつか日本を動かすだろう。ザ・ドリームプロジェクト』」

不謹慎ながら、私は小さく笑ってしまった。ザ・ドリームプロジェクト。若者らしい微笑ましさというよりは、若者らしい恥ずかしさが先に立ったネーミングだ。

「え? あ……」

当の本人は何が起こったのかわからず、あたりをきょろきょろと見回している。

「ここにもいるぞお!」

間をおかず、隣の勢子が声を上げた。

「『ワタシは一般人とは違う。来月のオーディションでデビューして、絶対にアイドルになる。サヨナラみんな。サヨナラ今までのワタシ』。ちなみに私とさよならは、カタカナ表記」

客席から、どっと笑い声が上がる。すると勢子の前の女の子がぎょっとしたような表情で振り返った。

「それ、私の日記!!」

どうやら勢子は、若衆それぞれの個人的な日記などを読み上げているらしい。その言葉で気づいたのか、先ほどの男の子も勢子を振り返った。しかしさらに進行役は声を上げる。

「ここではないどこかへとか言ってるやつはいねえが！」

「ここにいるぞお！」

引きつった表情で女の子が振り返る。彼ら同様、私も薄々わかってきた。この祭りは、思春期特有の恥ずかしさを皆の前でさらされるものなのだ。

「『このセカイは嘘。私の真名はルリエル。迎えはいつ？』」

「いやあああっ!!」

勢子の前の子が両手で耳を塞いでうずくまる。しかし会場は笑いの渦に包まれ、そこここから「ルリエルー」などという野次が放たれた。さらに別の勢子が読み上げる。

「『前世が貴婦人の人、連絡して下さい。僕は円卓の騎士。今世ではぐれてしまった僕だけのレディを探しています』」

「なんでブログのアドレス知ってんだよう！」

少年は泣きそうな顔で訴える。会場からは「ルリエルとくっつけよー」という声、さらに「おめ、剣道からっきしじゃねえかよ」という声が飛んだ。

この状況から察するに、若衆の家族が秘密の暴露《ばくろ》に一役買っていることは間違いない。だからかつての若衆は裏切り者と叫んだのだ。しかしいくら家族とはいえ、個人情報にうるさい現代では信じられないような話ではある。

そして進行役と勢子によって次々に暴かれるプライバシーは、とどまるところを知らない。日記、手紙、ブログ、携帯電話の会話やメール。それらを人前で読み上げられて、笑い者にされる。

頭を抱えて泣き叫ぶ少年。ごめんなさいと謝り続ける少女。まるで地獄絵図だ。思春期ならではの自意識を叩き潰すようなこの行事は、確かに恐ろしいし痛みを伴う。

特に悲鳴が高かったのは、ポエムやラップのようなものを音読されたときで、それをされた若衆は以後決して顔を上げることはなかった。

「残酷な儀式ですね」

儀式の後の酒宴で、私は見番の男に言った。

「あれでは、しばらく人の顔が見られないでしょう」

なにしろ村中の大人が自分の恥ずかしい部分を知っているのだから。

「でも、この儀式があるおかげでこの村に非行はありません。犯罪発生率だって、驚くほど低いんですよ」

それはまあそうでしょうが。私が酒をすすると、男はにやりと笑う。

「一番長生きの者が長老になる理由もそこにあるんですけど、おわかりになりますか」

「民俗学的な読み解きをさせていただくなら、叩き潰された若さの対極にあるから、ということになりますが」

「さすが学者先生。でもそんな大した理由じゃないんですわ」

男は私の杯に酒を注いでから、斜め前に座った女性を指さす。

「あの女は私と同い年です。つまり、同じときに儀式を受けた。これが何を意味すると思いますかね」

同じ儀式の参加者。それはつまり、自分の秘密を聞いていたもう一つの耳。

「そうか。同い歳でも秘密は共有されるんですね」

「ええ。まったく迷惑な風習ですよ」

男は杯をあおると、長老をうらやましそうに見つめた。

「一番長く生きた者だけが、その呪縛《じゅばく》から逃れられる。私もああなりたいもんです」

こうして私はこの村を後にすることになったのだが、これほど残酷な秘祭を目にしたのは初めてだった。身体的な痛みを伴う通過儀礼は世界中にあれど、心理的な痛みを与えるというのは珍しい。そういった意味でも、このレポートが今後の民俗学のために役立つと信じて筆を置こうと思う。

最後に、儀式を終えた者たちの間でこの祭りに俗称がつけられていることをつけ加えておきたい。祭りの正式名称は他言無用だが、俗称ならよいとの許可を長老より得たので記しておく。

『秘祭　俗称・青春なまはげ』

眠り姫

昔々あるところに、眠り姫がいた。

ずっとずっと遥《はる》か昔から眠っているので、姫の名前も城の名前も、誰も知らない。いつから眠り続けているのかも、とうに知る者はない。ただ噂を聞くところによると、姫はどんなに時が過ぎてもその美しい寝顔を崩すことなくこんこんと眠り続けているのだという。

深い深い森の奥にあるその小さな城のことは、その周囲の村に暮らす者ならば誰でも知っていた。何人もの勇者や騎士、それに他国の王や学者などがこぞってそこを訪れたからだ。しかし村人たちは、決してその森に足を踏み入れようとはしない。

「なぜお前たちは同行を拒むのだ」

あるとき若き冒険家がたずねた。すると村の青年は静かに首を振った。

「見たくないのです」

「何故だ。姫の眠りを見た者は、この世の秘密を知るというではないか」

その噂を聞いてやってきた冒険家は、村人の反応が不思議でならなかった。世界の秘密を知る機会に恵まれて、それを知らずに生きてゆけるなんて。

「理由はありません。けれど禁止されているのです」

「誰が禁止しているのか」

「わかりません。多分先祖だと思いますが、村に伝わる言い伝えなのです。眠り姫を見に行ってはいけない、見たいと考えることすらいけないのだと」

その禁を破り不幸になった者の伝説まで残っているし、それに、と青年は口を濁す。

「それに、なんだというんだ」

「ごく最近でも、行ったまま帰らなかったひとたちがいます」

さすがの冒険家も、この言葉には息を呑んだ。

「本当なのか。それはどこの誰だ」

「ここから三つ離れた国の、博士たちです」

その博士たちの名前を聞いて、冒険家は納得した。確かつい最近、失われた伝説について研究している者たちが行方不明になったというニュースを聞いたばかりだったのだ。

「……てっきり、本当に伝説なのかと思っていたよ」

そう言って冒険家はため息をついた。実のところ、眠り姫の話は彼の国でもまた失われた伝説として捉えられていたのだ。だから今回、この冒険に出ると宣言した時点で彼は友人たちの笑いを集めていた。

「よせよせ。今どき眠り姫なんて」

「どうせあんなの、嘘っぱちだ」

「石像かなんかを村人がありがたがってるだけなんじゃないのか」

あまりにも古すぎて、今では『不思議な物語』の一ページに載っているだけの伝説。しかし未だはっきりとした理由もなく、この世のどこかで眠り続ける姫君を思うと、冒険家の胸は高鳴った。

「あなたの国の本には、どういう結末が書かれていたんですか」

青年がふと、冒険家にたずねた。

「眠り姫を自分の目で見た者は、世界の秘密を知る。そう書いてあったが」

「見た者が不幸になる、とは書いていませんでしたか」

「帰らぬ者も多いとは書いてあった。だが、帰った者は必ず世界の秘密を手にしているはずだと」

だからこそ自分はここまで来たのだ。何、冒険には自信がある。高い山でも深い森でも、たとえそこに猛獣がいようが帰り着いてみせるとも。冒険家はそう言って胸を叩いた。

「どうしても行くのですか」

「ああ」

「だとしたら、あと少しだけ待って下さい。明日には同じ目的を持った人々が、この村に到着すると聞いています。その人たちと一緒に行動すれば、一人で迷うことはないでしょう」

冒険家はそれを聞いて、渡りに船だと喜んだ。

翌日、遠い国から来た一団と一緒に森へ入る冒険家に、青年はせめてものお守りだと小さな袋を渡した。

「もし、あなたが立ち上がる気力を失いそうになったら、この中の物を地面に撒いて下さい。そして紙に書いてある言葉を唱えれば、助かるかもしれません」

代々村に伝わる方法だが、それが本当に効くかどうかはわからない。青年の言葉に、冒険家は力強くうなずいた。

「ありがとう。私は必ずやこの冒険から帰り、姫の真実の姿を君に伝えることを約束するよ」

冒険家の瞳は生気に満ち、握手をしたその手は温かかった。青年はふと、もしかするとこのひとなら世界の秘密を手にできるかもしれないなと思う。

一行は深い森の中を順調に進み、無事に城を見つけたところで休憩した。遠い国から来た一団は、どうやら兵士のようで実に統率の取れた動きをしている。

「ところであなたたちは、何の目的で姫を見ようと思ったのです」

冒険家がたずねると、大将らしき男がにやりと笑った。

「我が国の王は、永遠の命に興味がある」

「ということは、姫の体を調べるのですか」

もし姫を傷つけるつもりなら、ここで阻止しなければ。そう考えて身構えた冒険家に、大将は安心するよう軽く手を振った。

「とはいえ、我が王は永遠の命を求めて仙薬を求めるほど間抜けではない。実際のところ、我々にとって重要なのは姫の体が置かれている場所の仕組みなのだよ」

「仕組み、ですか」

「さよう。姫が同じ姿で何年も眠り続けているということは、その寝台に秘密が隠されていると我が王は見破ったのだ」

そしてその仕組みこそが必要なのだと大将は続けた。

「我らの国では、王が亡くなりし後も生きているときと同じように体をとどめ、民衆にその偉功を知らしめるのが習わしなのだ」

しかしこれまでの王で、長期保存に成功した例は少ない。そこで目をつけたのが、眠り姫の伝説というわけだ。

「なるほど。そういうことなら問題はない。私の目的は世界の秘密を知ることと、姫に口づけすることだ」

お互いに利害がかち合わないことを確かめあったところで、一行は立ち上がり城を目指した。

いよいよ姫に会える。そう思うだけで、冒険家の心はときめいた。しかしその喜びとは裏腹に、不安もまた高まっている。

一体どれほどの年月を過ごしたらこうなるのか。崩れそうなほどに風化した石段や、草に呑み込まれつつある床。ツタの絡まる柱は、いっそツタに支えられているといってもいいくらいだ。

「本当にこんな場所に、眠り姫はいるのか……？」

雨風も防げないほど風化した城を見渡して、大将がいぶかしげな声を上げた。こんな場所では、たとえどんなによくできた仕組みがあったとしても、すぐに動かなくなってしまいそうだ。

虫が飛び、鳥が巣をかけている城内を一行は進む。ときおり足下をネズミが駆け抜け、皆をどきりとさせた。かつて大広間であったであろう場所を抜け、さらに奥に進むと姫の寝室らしき部屋が見えてきた。しかし、その部屋の手前で先頭を歩いていた兵士が足を止める。

「大将、このあたりには骨がたくさんあります」

冒険家はぎょっとして足下を見回した。するとあちこちに白い物が散らばっている。これはすべて、帰れなかった者たちなのだろうか。ほとんどは風化してしまっているが、中にはまだ洋服を身につけたものや荷物を横に置いたままのものもある。

しかし不思議なことに、その持ち主たちは暴れた形跡がなかった。冒険家は壁に寄りかかったままの骸骨を見て、首を傾《かし》げる。何かに襲われたとしたら、こんな死に方はしないはずだ。

「注意しろ。これは、ここから先が危険だというサインだ」

大将の言葉にうなずきながらも、冒険家は考えていた。一体何が起これば、静かに体を横たえるような状態になるのか。

毒なら喉《のど》をかきむしり、のたうち回るだろう。亡霊なら怯《おび》えて逃げ回るだろう。猛獣ならそもそも、体が引き裂かれるだろう。

「いたぞ。眠り姫だ」

骨を踏まないように注意深く進むと、ついにその姿が見えてきた。天井の一部が崩れ落ち、光がおだやかに射し込む部屋の中に一人の女性が横たわっている。かつて寝台があった場所も今はすっかり草に覆われ、室内でありながらまるで野原のような空間で彼女は目を閉じていた。

「おお……」

思わず足を止めた冒険家に、大将は先を譲った。危険への盾にしたのかもしれないが、やはり彼らの目的である寝台が見えなかったことが理由だろう。

冒険家は、まず眠り姫の顔をじっと見つめた。少女と大人の女性が混じりあったような、美しい顔だった。血色の良い頬に赤いくちびる。柔らかそうな髪が、ゆったりと肩のあたりに広がっている。

「なんと美しい」

「まるで、ついさっき目を閉じたようではないか」

兵士の間からも囁《ささや》きが聞こえる。冒険家はそれにうなずくと、静かに姫の顔に自分の顔を近づけた。

「私はずっとあなたのことを考えてきました。だからどうぞ、無礼を許していただきたい」

そう言って口づけをしようとした瞬間、冒険家は姫の異変に気がついた。心なしか、先刻より顔が青白くなっているのだ。まさか今死んでしまうなんてことはあるまい。そう思って見つめていると、姫の顔は次第に色を失い、徐々に膨れてきた。

「なにか、臭わないか」

大将が鼻をつまんでいると、姫のお腹が膨れ上がったのち、いきなり空気を放出した。その衝撃で体が跳ね上がり、冒険家は姫が生き返ったのかと思う。しかしそれは早合点というもので、姫の体はただ腐った空気を外に出しただけだった。

「く、くさいっ！」

兵士たちは慌てて口元に布を当てる。その横で大将はじっと立ったまま、ことのなりゆきを見守っていた。

「眠り姫……」

冒険家が呆気にとられたままつぶやくと、姫の体はやがて穴という穴から臭い汁を流し、柔らかい部分から溶けはじめた。目がなくなり、顔が赤黒くなり、あっという間に虫がわいて皮を食い破ってゆく。

「まるで地獄を見ているようだ」

大将の言葉に、冒険家は固唾《かたず》をのんでうなずいた。しかし恐ろしくはあるものの、こんなものなら今まで何度か見たことがある。密林で遭難した探検隊や、山で帰れなくなった登山家。人のなれのはてというものは皆同じだ。

ちょうど自分たちが着いたときに、眠り姫は他の人と同じ時を刻みはじめたのかもしれない。そう思うと、冒険家はあまり恐さを感じなくなった。けれど眠り姫の体から最後の皮が落ち、白骨になったあたりでおかしなことに気づいた。

「ここで終わりじゃないのか……？」

部屋の外にあった骨は、この状態で彼らを待っていた。しかし姫の骨は、徐々に飴色《あめいろ》になってすかすかになってゆく。やがて一行が見守る中、骨は粉となり完全に地面と混じりあって、見えなくなってしまった。

「こう言っては失礼だが、魔女の最期のようだったな」

大将がぽつりとつぶやく。冒険家は彼らに前を譲ると、ぐったりと壁に寄りかかり、兵士たちが姫の横たわっていたあたりを調べるのを見ていた。しかしほどなくして、兵士たちがざわめきだす。

「なんだ？」

再び前に出た冒険家は、そこに信じられないものを見た。桃色の肉のかたまりがうごめいている。

「これは」

肉はもぞもぞと動きながら形を変え、やがて人の赤ん坊の形になり、子供へと成長した。見たこともないほど可愛い顔をした子供だったが、誰も抱き上げようとはしない。そして手足がぐんぐんと伸び、ほどなくして少女は眠り姫の姿になった。

「甦《よみがえ》ったのか」

大将が震える手を伸ばそうとすると、ほんの一瞬、姫は目を開けたように見えた。見間違いかと思って冒険家が目をこすると、次にはもう目を閉じている。

「この甦りの技法は、ぜひ知りたいものだ」

そう言って大将が姫の体を抱き起こそうとすると、信じられないことに再び顔色が悪くなってゆく。

「離れないと、汁を浴びてしまう！」

冒険家が叫ぶと同時に、大将は後ろへと飛びすさった。

そしてあろうことか、全員が見守る中で姫は再び腐りはじめた。

その後も眠り姫は崩壊と再生を飽きることなく繰り返し、それを見つめる一行は徐々に気力を失っていった。最初は研究のためにと色々な角度から見ていた兵士も、やがて目がとろんとしてきてうつろになった。

「結局、ひとは骨になるだけなんだなあ」

「そうだなあ」

「どうせ俺たちもやがてはこうなるんだなあ」

「そうだなあ」

「だったら何をしたって同じだなあ」

「そうだなあ」

ずるずると壁に背中をつけたまま座り込んだ彼らは、立ち上がる気配を見せない。それを見た冒険家は、唯一立っていた大将に声をかける。

「このままではいけない。とにかくこの場を離れましょう」

しかしあろうことか、振り返った大将の目もまたとろんと遠くを見ていた。

「どこへ行ったって同じですよ。どうせ結局はこうなるんです」

冒険家は、体中の毛がぞわりと立ったような気がした。思わず両手で腕をこすると、袖の中に入れておいたお守りに指がさわる。

「中のものを撒いて、言葉を唱えるんだったな」

袋を開けて中身を勢いよくばらまくと、それは姫の体の脇に落ちた。そして紙を取り出すと、そこには『これと同じだ』と書いてある。

「これと同じだ、これと同じだ」

唱え始めると同時に、腐りゆく姫の体のそばで何かが芽を出した。どうやら中身は何かの種だったらしい。それは蔓をぐんぐんと伸ばし、やがて花が咲き実がなった。ごろりと横たわる実を見つめたまま、冒険家は呆気にとられてつぶやく。

「これと同じ、だ」

丸まると太ったカボチャを前にして、ふと大将の目に光が戻った。

「これと同じ、だと？」

やがてカボチャはしなびて腐り、中から種が転がり出てそれを鳥がついばむ。そしてこぼれた種の一つが、再び姫の隣で芽を伸ばしはじめた。

冒険家と大将は、顔を見合わせた後、脱兎《だっと》のごとくその部屋を飛び出した。


結局、兵士の半数は腰を下ろしたまま二度と立ち上がることはなかった。ほうほうの体《てい》で村まで逃げてきた一行を、再び青年が迎える。

「よく無事で戻られましたね」

「お守りがなければ、危ないところだった。礼を言う」

頭を下げる冒険家に、青年はたずねた。

「ところで世界の秘密は、手にすることができましたか」

「正直なところ、よくわからない。あれがそうだと言われれば、とうの昔に知っていたような気もするし、今回初めて見たものだとも思える。ただ……」

「ただ？」

「笑えた者が、勝ちだろうな」

そう言うと、冒険家は大将と顔を見合わせて笑った。

「我が国の王とて、しょせんカボチャ。私はカボチャに仕えるカボチャ大将だ」

「私はカボチャ冒険家だぞ」

そんな二人を見て、青年も笑う。

「お二方が無事で、本当に良かった。戻って来たはいいが、気がおかしくなったひとも多いんですよ」

「そうだろうな。あれを耐えるには、よほど強い心がなければ」

大将がうなずくと、青年は森の方を見つめて言った。

「これまで無事に帰ってきたのは、東洋から来たお坊様と世捨て人だけでした」

「なるほど、それはわかる気がする」

冒険家もまた森を見つめて、静かにひとりごちた。

眠り姫は、今もこの世界のどこかで静かに死と再生を繰り返している。

いて

夜道を歩いていた。友達の家に遊びに行ったまま、ついつい楽しくて帰りそびれた日のことだった。

「早く帰らないと危ないよ」

友達のお母さんに言われて、はじめて陽が落ちはじめていることに気がついた。この辺はまだ街灯も少ないから、夜遅く子供が出歩いてはいけないと言われている。

「今ならまだ間に合うでしょう。お日様を追いかけて急ぎなさい」

でも途中で暗くなったら、引き返してくるのよ。その言葉にうなずくと、私は運動靴を履《は》いて走り出した。

友達の家から私の家までは歩いて二十分。走れば十分の距離だ。私は沈みゆく夕陽を見つめながら、追い抜かれまいと懸命に走った。

しかし五分も経たないうちに太陽はあっけなく姿を消し、私は一人夜道に取り残された。来た道をまっすぐ戻れば、友達の家に着く。けれど同じ距離を進めば、自分の家に着くだろう。ちょうど中間の地点で足を止めた私は、戻るべきか進むべきかつかの間悩んだ。

暗い道を、同じ距離だけ走らなければならない。そう考えると、引き返すよりも家を目指す方が気が楽に思えた。私は家に向かって走り出そうとして、ふと足を止める。もう暗くなってしまったのだから、今さら急いでもしようがないのではないか。

人さらいや変質者が恐くなかったわけではない。ただ、長い一本道の前後に人影がなかった。それに私は運動が得意な方ではなかったので、できることなら走りたくなかったのだ。危険がないなら、走っても歩いても同じ。そう判断した私は、周囲に注意しながら歩きはじめた。

数十メートルおきに街灯のある道は、ぼんやりとした黄色い薄闇と漆黒の暗闇が混在している。明かりの真下に入ると、蛾《が》や羽虫がちりちりと飛び交いながらぶつかってきた。顔を上げると小さな虫が目や口に入りそうだったので、私は地面を見つめる。するとそこに、蹴りやすそうな石が一つ転がっていた。

ただ歩くのはつまらないし、暗闇はやっぱり少し恐い。そこで私は石蹴りをしながら帰ろうと考えた。

こつん。軽く蹴ると、石はころころと転がってゆく。動きの良さに気を良くした私は、さらに勢いをつけて蹴ってみた。ころころころ。黄色い輪の中を外れたときはあっと思ったが、幸い石はぼんやりと白く、それを見失うことはなかった。

足下を見つめたまま、数十メートルは進んだだろうか。何度めかの蹴りで、石は道の端に寄った。このままだと横の溝に落ちてしまう。ここが腕の見せ所と、私は勢いよく足を蹴り上げる。しかし予想に反して石は道を逸《そ》れ、まっすぐ溝に飛び込む。しまった。そう思った瞬間、私の耳に不思議な声が聞こえてきた。

「いてっ」

人がいたのか。私は慌てて溝の近くを見回した。しかしそれらしき人影は見えない。ということは、石が当たって倒れてしまったのか。

「……どこ?」

自分の蹴った石で人が死んでしまったらどうしよう。私は地面に手をついて、気を失った人の姿を探した。しかし道の脇の田んぼにそれらしきものは見えず、溝は人がはまるには細すぎた。よもや石がそちらに曲がったとは思えないが、一応道の先の暗闇にも目をこらしてみる。けれどやはりそこはしんと静まり返ったままだ。

気のせいだったのだろうか。あるいは、石の立てた音を勝手に声と思い込んでいたのかもしれない。私は首をかしげながら、それならと石蹴りを再開するべく石を探した。乾いた溝の中を覗《のぞ》き込むと、ぼんやりとした白が目に入る。それに向かって手を伸ばしてみるが、ぎりぎりのところで届かない。溝にはときどき橋渡しのように蓋《ふた》がしてある箇所があって、石はちょうどその蓋の真下にあったのだ。

腹這《はらば》いになって手を伸ばすと、指先が石に触れる。そのまま掴《つか》もうとしたとき、私の指におかしな感触があった。

「……なにっ!?」

ぐにゃりと柔らかいものを、つついた。慌てて手を引っ込め、その場所を覗き込んだが何もいない。野生の動物でもいたのだろうか。しかしそれにしては、逃げ去った気配がなかった。私は少し気味悪く思いながらも、再度手を伸ばす。

しかし私の手は、やはり柔らかいものに突き当たった。「それ」が動かないので、私は手を溝に差し込んだまま覗き込む。するとおかしなことに、私の手は何もない空間でぴたりと止まっていた。

透明な何かが、石の上にある。そう理解するまでに少し時間がかかった。私がおそるおそる手を動かすと、「それ」はふるりと揺れる。柔らかくてすべすべの感触は、まるでくらげかゼリーのようだった。

ひんやりとした手触りのせいか、不思議と気持ち悪さは感じない。私は「それ」に載せた手を、軽く左右に動かしてみた。

「くくっ」

どこからともなく、その声は聞こえた。

「くすぐったいの……?」

わざと指を曲げてこそこそと動かすと、「それ」はぷるぷるとふるえる。

「くくっ」

「ねえ、あんたなの」

「くくくっ」

声をかけてもこれといった返事はなく、ただ笑い声が響いた。そこで私は、人差し指で「それ」をそっとつついてみる。しかし反応はない。

多分、痛いかくすぐったいかでしか声を出さないんだろう。そう判断して、手を離した。これ以上いじったら、嚙むかもしれないし。

けれど不思議なものに出会ってしまったという気持ちから、ついもう一度そこを覗き込んでしまう。「それ」の姿はやはり見えないが、手をかざせば溝の中を通る空気は「それ」を避けて流れているのがわかった。

「いきものなの」

声をかけてみても、返事はない。私は「それ」をくらげのようなものだと思うことにして、立ち上がった。石は取れなかったけれど、珍しいものを見たのでそれなりに満足していたのだ。

家に帰るなり、私は図鑑を開いた。海のいきものに、山のいきもの。けれどさっき触れたような形のものは、本のどこにも載っていなかった。

「もしかしたら、珍しいきのこかもしれないぞ」

夕食の席でそのことを話題にすると、山に入る仕事をしている父が答えた。

「きのこ？」

「そうだ。きのこの仲間には、触ったら音をたてたり、いきなり粉を吹いたりするやつもいる」

ということは、あの「いて」という音も偶然そう聞こえただけなのか。そう考えても「くくっ」の方の説明はつかない。私が首をひねっている間も、父は喋り続けた。

「きのこはいまだに解明されていない種類も多いから、ゼリー状で半透明のものがいたっておかしくはないんだ。でも、毒や胞子が飛ぶかもしれないから、素手でいじったら駄目だぞ」

しかしそんな父の言葉をさえぎるように、母のお小言が飛んでくる。

「ちょっと。それよりも夜道で遊んでいたことの方が問題でしょう」

危ないのに何をやっているの。そもそもお友達の家を出る時間が遅いのはどういうこと。

黙って聞いているとそのままお説教に発展しそうだったので、私は図鑑を抱えて食卓から避難した。

夜。布団の中でも、私は「それ」について考えていた。溝の中みたいにじめじめとした場所は、いかにもきのこが好きそうだと思うし、ぶよぶよとした透明な感じは、なめこの外側についているぬるぬると似ているような気もする。

したがって父の言うように、「それ」がきのこの仲間である可能性は高いと思う。でも私は、それでもどこか納得できないでいる。あの声に、つついたときの反応。考えれば考えるほど、「それ」は植物よりは動物なのだという気持ちになった。

得体は知れないけど、珍しいいきもの。もし明日も会えたなら、家まで持ち帰って飼おう。きのこなら霧を吹いてあげるし、動物だったら虫を捕ってやってもいい。そんなことを考えながら、私は眠りについた。

しかし翌日、明るいうちに同じ場所を覗いても「それ」は見つからなかった。

「やっぱり動物とか虫みたいなものだったから、動いていなくなったんじゃないかな」

私の意見に、父は首を振る。

「いや。やっぱりきのこだな。昼間のうちはしぼんでいて、夜露に濡れるとふくれるんだ。花の逆だと考えればわかるだろう。昼と夜では形が違うから、見つからなかったんじゃないのか」

「動物じゃあ、ないの」

「違うな。きのこや水の中に住むものならともかく、動物で透明なものなんて聞いたことがない」

溝の中に手を入れて確かめなかったので、「それ」が移動したかどうかはわからない。けれど私の中では、「それ」はすっかりきのこよりも動物だと決定されている。そこで私は「それ」を捕まえるべく、両親に内緒で虫取り網や箱などを用意した。


あまり早い時間に行くと、また見えないかもしれない。そう考えて、私はわざと友達の家にだらだらと長居した。そして同じように「早く帰りなさい」と急《せ》かされる時間になってから家を出る。

うっすらと暗くなりはじめた道。そこをあえて急がずに歩く。もう少しで「それ」のいた場所に差しかかる。わくわくとした気分で、私は道の端を見つめた。暗闇と外灯の光が交互に連なる時刻。この時間ならきっと見つかるはずだ。

そのとき、私はふとおかしな音を耳にする。ずる、ぺた。ずる、ぺた。背後から近づきつつある音に振り返ると、そこには人影があった。

「こんばんはあ」

振り向いた私に気づいたのか、その人影は片手を上げる。数メートル離れた場所なので顔は見えないが、どうやらゴムぞうりを履いた男らしい。知り合いにこんな雰囲気の男はいないので、私は返事をしなかった。しかし男はそのまま喋り続ける。

「お嬢ちゃあん。ここで何してるのう」

調子の外れた声に、ゆらゆらと揺れている頭。遠目にも、まともな人には見えなかった。

「ねえ、遊ぼうよう」

ずるぺたずるぺた。近づくにつれて、気持ちの悪い笑顔が見えてくる。私は思わず後じさった。

「ねえ、お医者さんごっこしようよう」

ずっ！　ずっ！　ずっ！　勢いをつけて、男が迫ってくる。何がしたいのかはよくわからなかったが、このまま男に追いつかれてはいけないと思った。私がくるりと背を向け走り出すと、男は大声でわめく。

「逃げんなよう！」

急ごうと思っても、私は足が遅い。追いつかれる恐怖に、私は半泣きになりながら走る。

「ははは、遅い遅い。もう追いついちゃうよーだ」

声が、すぐ後ろに迫ってきていた。

「来ないでえ！」

私は声を張り上げ、周囲を見渡す。しかしここは田んぼに囲まれた一本道。人影はおろか、人家の灯りすら見えない。

大人の言うことを聞けばよかった。そう思っても、もう遅い。ごめんなさいごめんなさい。鞄《かばん》を捨てて走る私は、やがて足をからませ頭から転んでしまった。痛みで一瞬、その場で泣いてしまおうかと思う。けれど道の真ん中で顔を上げると、男はもうすぐそばまで来ていた。

「ほうら、つかまえた」

男はしゃがみ込むと、私の片足を摑む。

「やだやだやだっ！」

私は必死に体をばたつかせ、男から逃れようとした。けれど手は足首にがっちり食い込んだまま外れず、私は横にずれただけで男から遠ざかることはできない。しかも暴れた拍子に、上半身を溝の中に突っ込んでしまう。

「あはははは。パンツが丸見えだよう」

私は泣きながら、無我夢中で起き上がろうともがいた。

「あははははは。無駄だって。このままパンツ脱がしてやろうか」

「やだやだやだやだーっ!!」

足をぐいぐい引っ張られ、顔を溝の壁面に擦りながら私は泣き叫ぶ。そのとき、振り回している指先に「それ」が触れた。柔らかくて、すべすべしたあの感触。

助けて。そう叫びながら、私は「それ」をぎゅっと握った。

「いて」

あのときと同じ声。やっぱりこれは生きてるんだ。だったらあの男に、かぶれる毒でも吹きつけてやって。そう思った私は、「それ」を掴んだまま体をひねった。

「いててて」

「お?」

男は、私のものではない声に首をかしげる。私はそこへ向けて、渾身《こんしん》の力で「それ」を投げつけた。べちゃり、という音と共に透明な物体が男の顔に張りつく。

「なんだ?」

男が空いた方の手で顔を探ると、それは声を上げた。

「くくっ」

笑ってる。くすぐられてもいないのに笑ってる。ということは、やっぱり「それ」に心なんてなかったんだ。つまり、私の味方になって救ってくれる可能性などない。

私は絶望的な気分で、男を見上げた。しかし男は首をかしげたまま、それ以上何も喋ろうとしない。

「……あ……」

喋らないのではない。喋ることができないのだ。そう気づいたのは、男の口の上に張った透明な膜を目にしたから。

「くくっ」

男の顔の上でぷるぷると揺れながら、それは笑い声を上げた。その膜の向こうで、男の表情が苦しげに歪む。

「お、……がっ」

男は私の足首を離し、両手で「それ」を掻《か》きむしった。けれどぴたりと張りついた「それ」はびくともせず、やがて徐々に白っぽく色を変えてゆく。

「くくくっ」

白くなった「それ」の中で、何が起こっていたのか私にはわからない。ただ、気がついたときには目の前に頭のない死体が倒れていた。

「くくくくくっ」

笑いながらずるずると溝に向かっている「それ」をぼんやりと見つめていた私は、ふと思いついて放り投げた鞄に駆け寄る。

「ありがとう」

そう言いながらあめ玉を押し込むと、「それ」は嬉しそうにふるえた。

「くくっ」

私はぷるぷるをそっと撫でてから、立ち上がって男の体に近づく。

「くくう」

「それ」の真似をしながら、動かない体を踏みつけた。指、肘、膝、股間。中でも柔らかい腹の辺りは入念に踏み、最後に両足で胸の上に飛び乗る。ぱきぱきとあばらの折れる音がして、私の足は男の体にめり込んだ。

「くくくう」

私は高らかに声を上げると、男の体を踏み越えて歩き出す。

しんと静かな、農道での出来事だった。

単行本版あとがき

この不思議な本を手に取って下さって、ありがとうございます。まずは左記の方々に感謝を。

『短劇』の名付け親である、秋吉潮さん。当初は「いい話」の連載だったはずが、どんどんブラックになってしまい困らせてしまいました。ごめんなさい。担当の鈴木一人さんは、そんな連載を面白がりながらも評価して下さいました。

装幀の石川絢士さんには、ノスタルジックなクールさに溢れたデザインをしていただき、これはちょっと本棚に飾りたいくらいです。その他製本や販売など、様々な場面でこの本に関わって下さった方々。私の家族と友人、さらに『短劇』のネタを多数提供してくれたGには、格別の感謝を。

そして今回に限り、ネタを提供して下さった皆様にも深く深く御礼を申し上げます。

ところで今あなたは、あとがきを読んでいる。

おそらくこの短編集を最初から読み、最後に辿り着いたのがこのページだろう。しかし本好きの中には、「本は後ろの解説やあとがきから」という奇矯な信条を持つ人もいるから、必ずしも順番に読まれているとは言いがたい。

ではあらためて、最後にここを読む人もそうでない人も、ようこそ『短劇』の世界へ。

この本は普段人格者のような顔をしている作家が、思いのままに偏執的な部分を吐露《とろ》し周囲の人間を巻き込んだ、ある種のノンフィクションである。

「なんだよそれ」

今さらそんなカミングアウトされたって困るよ。そう考えたあなたは、どうせあと数ページだからと、この本を閉じようとする。でもちょっと待ってほしい。

気づかないだろうか。一冊を読み終えてみれば、この本の中で、なぜか繰り返し出てくるモチーフがあること。

「あれ。さっきも同じような文を読んだ気がする」

そう、それだ。あなたが気づかないうちに、ひっそりと刷り込まれていたそのイメージ。ありふれていて、どこにでもあるモチーフだからこそ、あなたはこれから先、それを目にするたびにふと気になるだろう。

道を歩いてマンホールの蓋を見るとき、台所で洗い物の最中に排水口を見るとき、そして何気ない文章の最後に打たれた、小さな小さな丸にまでそれは姿を現す。

そう。それはまるでどこかの国の拷問で、穴を掘らせてはまた元通りに埋めさせ、それを延々と繰り返させるもののように。

あなたは少し気味が悪くなって、あたりを見回す。するとやけに丸いものばかりが目につく。壁に残った画鋲《がびょう》の痕が、やけに気になる。

「なんだよ、気味悪くさせちゃって。その手には乗らないからな」

けれどもう遅い。読者という立場のあなたも、私の周囲の人間の一人。つまりもう、この不思議な世界に巻き込まれているのだ。

そしてあるときあなたは不意に目撃する。それは『掃除屋』のサイトだったり、道の向こう側を歩くあなたそっくりの服を着た人間。あるいは、ビルに隠された秘密の入り口かもしれない。

「ばっかじゃない。そもそもこの本はホラーじゃないんだから、怖がらせようとしたって無駄だよ」

確かに、この本は純然たるホラーではない。ただちょっとだけ薄気味が悪くて、ちょっとだけ偏執狂的なだけだ。

ところであなたは今、どこでこの本を読んでいるのだろう。地下鉄の中？　自分の部屋？　それとも会社や学校だろうか。どこにいるにせよ、やがてあなたはその場所を動くはずだ。

夕暮れ、外に出たあなたは周囲を警戒しながら歩き出す。ほら大丈夫。他にも人はいるし、携帯電話だって通じてる。何も恐いことなんかないじゃない。電車やバスから降り、家の近くを歩きながらあなたは安堵のため息をもらす。あたりはもうすっかり暗いけど、何もなかった。本に影響されるなんて、馬鹿みたいだ。

そんなあなたの頭上で、月は今夜もぽっかりと空に穴を開けている。

くくくっ。

解説

千街晶之《せんがいあきゆき》
（ミステリ評論家）

「甘いぞ。苦いぞ。おどろくぞ。」

これは、坂木司の初のショートショート集である本書『短劇』の単行本（二〇〇八年一二月、光文社）の帯に記されていたキャッチコピーである。このうち「おどろくぞ。」というのは、収録作ひとつひとつのオチについてと同時に、これまで著者の作品を読んできた読者が本書に触れた時に感じるであろう意外な印象をも指す表現と思われる。

このようなコピーが用意されたのは、本書の内容が、坂木司という作家のそれまでのイメージを一変するものだったからだろう。だが、それについて説明するには、まず著者の経歴について紹介する必要がある。

坂木司は二〇〇二年、東京創元社の戸川安宣《とがわやすのぶ》社長（当時）の勧めで執筆した『青空の卵』でデビューした。生年が一九六九年、出身地が東京であるということだけは明かされているものの、学歴や性別などは非公表、写真掲載もない覆面作家である（サイン会などは開催しているので、北川歩実《きたがわあゆみ》や舞城王太郎《まいじょうおうたろう》のような完全な覆面作家とは言えないが）。これは、プロフィールから読者に先入観を与えないためだという。

著者の評価を確立したのは、やはりデビュー作にはじまる「ひきこもり探偵」シリーズということになるだろう。このシリーズは、『青空の卵』、『仔羊の巣』（二〇〇三年）、そして『動物園の鳥』（二〇〇四年）の三冊から成っている（版元はすべて東京創元社。長篇『動物園の鳥』以外は短篇集）。語り手である外資系保険会社勤務の坂木司には、鳥井《とりい》真一《しんいち》という友人がいる。鳥井は、母親に見捨てられ、更に学校でいじめを受けたという過去により人間不信に陥り、ひきこもり状態になっている。しかし彼は優れた推理力の持ち主であり、坂木から聞いた謎めいた出来事の裏側を鋭く見抜いてみせるのだ。

ひきこもりとは、自宅や自室にこもって殆《ほとん》ど外出せず、社会と接触を断っている状態である（ひきこもりのキャラクターが登場するミステリとしては、他に北山猛邦《きたやまたけくに》の「名探偵　音野順の事件簿」シリーズや、柴田《しばた》よしきの『朝顔はまだ咲かない』などが思い浮かぶ）。単一の疾患や障害の概念を指す言葉ではなく、実態は多種多様である。鳥井真一の場合、コンピュータ・プログラマという職はあるし、気が向けば外出もするのだから、ひきこもりとしては症状はやや軽い方だが、その状態で何とか暮らしていけるからこそかえって厄介だとも言えよう。そして、実は彼以上に危うい状態にあるのが、一見好青年然とした坂木なのである。鳥井が坂木なしではいられない状態にある原因のひとつは、明らかに坂木がそのように仕向けている部分があるからであり、坂木は鳥井に対して共依存の関係にあるとも言い得る。「ひきこもり探偵」シリーズは三作で完結しているが、タイトルそれぞれに「卵」「巣」「鳥」という言葉が入っていることから推察されるように、鳥井は最後、「鳥」として羽ばたくことを求められる。だが、同時に坂木もまた、友人との共依存関係から巣立っていかなければならないのだ。

さて、「ひきこもり探偵」シリーズで人気を獲得した著者は、その後『短劇』が刊行されるまでに、父の急死によってクリーニング店を継いだ青年・新井和也《あらいかずや》が体験した謎を、友人の沢田直之《さわだなおゆき》が安楽椅子探偵風に解いてゆく『切れない糸』（二〇〇五年、東京創元社）、歯医者嫌いなのに歯医者で受付のアルバイトをすることになった大学生のサキこと叶咲子《かのうさきこ》と、寡黙でオタクっぽいが実は優れた推理力を持つ歯科技工士の四谷謙吾《よつやけんご》が登場する連作『シンデレラ・ティース』（二〇〇六年、光文社）、小学生の息子が突然現れたのを機に、ホストから宅配便ドライバーに転職した元ヤンキー・沖田大和《おきたやまと》の日々を描く『ワーキング・ホリデー』（二〇〇七年、文藝春秋）、沖縄の旅館で働きはじめた大学生・柿生浩美《かきおひろみ》（『シンデレラ・ティース』のサキの友人）と、一見だらしないオーナー代理・安城幸二《あんじようこうじ》が登場する連作『ホテルジューシー』（二〇〇七年、角川書店）、ミステリマニアの中学生・瀬川隼人《せがわはやと》と、彼の家庭教師になった気弱だが特異な記憶力を持つ大学生・伊藤二葉《いとうふたば》の物語『先生と僕』（二〇〇七年、双葉社）、四人の高校生が主人公の青春小説『夜の光』（二〇〇八年、新潮社）といった作品を発表している。

これらの大部分は、所謂《いわゆる》「日常の謎」と呼ばれる系列のミステリである。「ひきこもり探偵」シリーズは、人嫌いな探偵役が人間とのつながりを回復してゆく構想だったが、その後の作品群では、『切れない糸』のクリーニング屋、『シンデレラ・ティース』の歯医者、『ワーキング・ホリデー』の宅配便ドライバー、『ホテルジューシー』の旅館……といった具合に、不特定多数の人間と接触し、時にはその人生の裏側を否応《いやおう》なく覗き込むことになる職種が背景として選ばれている。

『ワーキング・ホリデー』の「謝辞という名のあとがき」で著者は、「ずいぶん前から、宅配便という職種に興味を持っていました。というのも交番の数が減り『ご用聞き』がすたれつつある現代では、宅配便がその両者をしょって立つような存在になりつつあるからです」と記している。この『ワーキング・ホリデー』に限らず、著者の多くの作品において、探偵役は「ご用聞き」的存在とも言える。しかしそれは、単なる著者のノスタルジーではない。探偵役として「ご用聞き」が要請されるのは、そのような存在が現実には乏しくなってしまったからなのだ。ここからは、現代社会に対する著者の厳しい現状認識を垣《かい》間見《まみ》る思いがする。

また、「ほのぼの」といった形容をされがちな著者の作風が、現代社会の孕《はら》む暗い部分を直視していることも指摘しておきたい。特に『先生と僕』で提示される謎は、ちょっと怖い解決で締めくくられるものが多い。

さて、いよいよ『短劇』だが、これは光文社のPR誌《本が好き！》の二〇〇六年七月創刊号から二〇〇八年八月号に連載された作品を集成したものであり、著者が愛読した阿《あ》刀田高《とうだたかし》の作風に通じる部分もある。

こういう作品集の場合、ひとつひとつの話をすべて取り上げて評するのは野暮というものだろう。しかし、従来の著者の作品と異なる印象の作品が多く含まれているため、ここでは代表的な数作を紹介しながら、本書の特色を考察してみたい。

最初から読み進めてゆくならば、巻頭を飾る「カフェラテのない日」は、従来のファンが読んでもさほど意外と感じない作風かも知れない。しかし、一篇、また一篇……と読み進めるうちに、読者の顔は次第に引きつってくる筈だ。中には、箸休めのように「いい話」もあるのだが、それが続いて登場する「嫌な話」の効果を引き立てるというあたり、一冊の本としての構成自体もなかなか意地が悪い（「あとがき」によると、当初は「いい話」の連載の筈が、どんどんブラックになっていったのだとか)。もちろん、それぞれが独立した話なので、収録作のどれから読んでも差し支えないとは思うけれど(ただし「あとがき」は最後に読んでいただきたい)、著者の狙った効果を味わうためにも、出来れば最初から読み進んでほしい。

「目撃者」「肉を拾う」「眠り姫」などは、設定的にかなりシュールな話である。面白いことに、「日常の謎」からスタートした作家ほど、日常の軛《くびき》を脱したファンタジー的な作品世界に新たな路線を見出す傾向が見られるのだ。加納朋子《かのうともこ》然り、若竹七海《わかたけななみ》然り、光原百合《みつはらゆり》また然り……この系譜の宗匠格の北村薫《きたむらかおる》にも、幻想的な系列の作品が散見される。それを思えば、坂木司が幻想的でシュールな作品を発表すること自体は特段意外というほどではない。

だが、より怖いのは、現代的に病んだ心を抱えた人間が出てくる系列の話だ。中でも「ほどけないにもほどがある」は、設定といい、登場人物の性格や行為のおぞましさといい、平山夢明《ひらやまゆめあき》の実話サイコ怪談集「東京伝説」シリーズを彷彿《ほうふつ》させるものがあって衝撃的だ(坂木司と平山夢明——イメージ的には対極とも言えるこの二人の作家を結びつけて考えることになろうとは、我ながら夢にも思わなかった)。負の感情をぶつけ合う匿名掲示板を背景にした「MM」のオチもかなり怖い。

「最後」「ゴミ掃除」「試写会」などは、登場人物の迎える結末に「因果応報」「自業自得」といった言葉がどうしても思い浮かんでしまうのだが、その一瞬後には、そう感じてしまう自分自身の性悪さを自覚させられることになる。登場人物の運命を他人事《ひとごと》めいて傍観している自分の心理を、著者から覗かれているような錯覚に陥るのだ。

人間の悪意ではなく、生理的な気味悪さを追求した作例には「最先端」などがある。これらは、誰しも一度は聞いたことがある筈の、「耳のピアスの穴」や「膝の裏のフジツボ」をめぐる都市伝説を想起させる。

ただし、グロテスクなだけではなく、笑いを絡めた作品が本書には多いことも指摘しておきたい。代表例は、ある地方に伝わる極秘の成人儀礼を学者がフィールドワークの一環として記録した……という体裁《ていさい》の「秘祭」（個人的には、本書の最高傑作）。この路線の作品があることで、本書の読後感は意外とからりとしたものになっている。

思えば、著者の従来の作品でも、人間の悪意はあちこちから顔を覗かせていた。例えば「ひきこもり探偵」シリーズは、鳥井と坂木がさまざまな謎を解くたびに、その件の関係者と知り合いになり、彼らの友人の輪が広がってゆくというパターンで統一されているのだが、よく考えると、それらの関係者の中には、些《いささ》か洒落《しやれ》にならない悪質な行為に走った者も幾人か存在している。うまく決着がついたからいいようなものの、鳥井によって謎が解かれず、そのまま放置されていたら、彼らの行為はどこまでエスカレートしていたかわかったものではないのだ。『ホテルジューシー』のある登場人物は、浩美と安城が差し伸べた手も空《むな》しく犯罪の闇に呑み込まれてしまったし、『先生と僕』で描かれた幾つかの犯罪も、何やら寒々しいものを感じさせる。だとすれば、一見対極にあるような『短劇』とそれ以前の作品群の登場人物とは、決して無縁ではないどころか紙一重の位置にいる——とさえ言えるのではないか。

鳥井のような癒しの役割を果たす名探偵的存在とめぐり合えた人々は幸運である。しかし、めぐり合わなければ、彼らは本書の登場人物たちのように悪意に囚《とら》われ、狂気の世界へと突っ走っていたかも知れないのだ。それを思えば、著者の作品世界が本質的に秘めているシビアさが窺えるのではないだろうか。そしてその部分を思い切って前面に出したという点で、本書は異色作であると同時に、実は極めて著者らしい作品だとも言えるのである。

初出　「本が好き！」二〇〇六年七月創刊号〜二〇〇八年八月号
二〇〇八年十二月　光文社刊

光文社文庫

短《たん》劇《げき》
著者　坂《さか》木《き》司《つかさ》

2011年2月20日　初版1刷発行
2013年7月5日　8刷発行

発行者　駒井稔
印刷　堀内印刷
製本　榎本製本

発行所　株式会社　光文社
〒112-8011　東京都文京区音羽1-16-6
電話 (03)5395-8149　編集部
8113　書籍販売部
8125　業務部

落丁本・乱丁本は業務部にご連絡くだされば、お取替えいたします。
ISBN978-4-334-74905-7　Printed in Japan

組版　萩原印刷

お願い　光文社文庫をお読みになって、いかがでございましたか。「読後の感想」を編集部あてに、ぜひお送りください。

このほか光文社文庫では、どんな本をお読みになりましたか。これから、どういう本をご希望ですか。

どの本も、誤植がないようつとめていますが、もしお気づきの点がございましたら、お教えください。ご職業、ご年齢などもお書きそえいただければ幸いです。当社の規定により本来の目的以外に使用せず、大切に扱わせていただきます。

光文社文庫編集部